KB201255

헛튼소리

허튼소리

초판 1쇄 인쇄 · 2014년 01월 25일

지 은 이 · 정지암
펴 낸 이 · 이승훈
펴 낸 곳 · 해드림출판사
주 소 · 서울시 영등포구 문래동1가 39번지 센터플러스빌딩 1004호
전 화 · 02-2612-5552
팩 스 · 02-2688-5568
e - mail · jlee5059@hanmail.net
등록번호 · 제387-2007-000011호
등록일자 · 2007년 5월 4일

* 책값은 표지에 있습니다.
* 잘못된 책은 바꿔 드립니다.

ISBN 979-11-5634-010-2

헛튼소리

정지암 에세이

똑같이 표현을 해도 그가 표현하면
거부감 없이 웃게 된다.
오랫동안 잊고 살아왔던 웃음거리들,
깊이 감춰진 웃음거리를 되살려
잠시 시름조차 잊게 하는
해학수필의 시간, 웃음은 빛이다.

동살처럼 퍼지는 웃음살

해드림

마음에 씨앗을 심고

TV를 켜니 낯선 가수가 "세상 모르고 살았노라." 라는 노래를 부르고 있다.

문득 뒤돌아보니 일모도원日暮途遠(날은 저물고 갈 길은 멀다) 한데 고려장 당할 나이가 되었다. 올바르게 산 기억은 별로 없고 좌충우돌 허튼짓으로 산 기억만 새록새록 솟아나서 정신이 아뜩하다.

죽기 전에 좋은 일 하면서 귀감이 되는 삶을 살고 싶었다. 그래서 점잖고 품위 있는 수필집 한 권 남기고 죽으리라 마음속에 씨앗 하나 틔우며 살았다. 이제 와서 생각하니 내 생각이 잘못되었다는 걸 느꼈다. 타인에게 봉사하고 품위 있게 살려고 한 것은 교만에서 나온 객기였다. 남을 의식한 위선적인 삶은 싫었다. 분단장한다고 근본이 바뀌는 것도 아니기에 살아온 방식대로 살기로 마음을 정했다. 무엇보다 독자를 속이는 글은 쓰기 싫었다.

아름다운 문장으로 꾸며 쓴다고 향기가 날 것 같지도 않고, 글은 만들면 시들고 진실 되면 피어난다고 했다. 계획보다 수필집 상재를 앞당긴 것은 하루가 다르게 기억력이 쇠퇴하기 때문이다. 고백하건대, 정보와 지혜가 있는 글, 감동이 있고 품격이 있는 글은 자신이 없다는 걸 깨달았다.

멋 부리지 않고, 민얼굴 그대로 독자 앞에 나서는 무례를 범하려고 하니 날아올 돌팔매를 어떻게 감당해야 할지 불면의 밤을 여러 날 지새웠다. 의붓아버지 제사상 차리듯 넋두리와 신변잡기 한 권을 불쑥 독자 앞에 내던지는 얼굴 두꺼운 사람이 되었다.

서정범 교수는 평소 글은 재미가 있어야 한다는 말을 자주 했다. 나는 그 말을 신줏단지 모시듯 끌어안고 산다. 수필은 품위가 있어야 한다는 틀에서 반항하고 싶었다. 수필에서 요구하는 감동, 정보, 지혜, 품위는 없지만, 서민이 살아가면서 이웃과 정담을 나누듯 지루하지 않고 재미있게 쓰려고 수많은 밤 붓방아질에 굿 끝낸 무당처럼 기진맥진한 날이 많았다.

남 보기엔 보잘것없는 잡문이지만, 내 딴에는 생피를 짜낸 글이기도 하다. 책을 읽고 마지막 장을 덮으면서 시간 낭비하지 않았다는 독자가 있다면, 글을 쓰기 위해 바친 보상은 충분하리라. 책 내용 중에 아물어 가는 생채기를 덧나게 한 가족에게 이 책을 바친다.

2014년 1월

정지암

차례

3. 나이 값

4. 반추

1. 허튼소리

포경수술
거꾸로와 우렁각시
거머리
총각 딱지
종마種馬 와 시정마始情馬
군대 이야기
방귀 때문에
빼 더
수 컷
아이스케이크

포경수술

포경수술은 매우 오래 전부터 할례라는 이름으로 행해졌다고 한다.

이집트에는 6천 년 전 미라가 포경수술을 받은 상태로 보존되어 있고, 아브라함과 가족도 포경수술을 받은 기록이 있다. 지금도 유대교와 이슬람교도들이 종교의식의 하나로 시행하는 나라가 있고, 우리나라는 세계에서 포경수술을 제일 많이 하는 나라라고 한다. 어떤 방법으로 조사했는지 알 수는 없으나 우리나라 20대 남자 80퍼센트가 이미 수술을 받았고, 10퍼센트는 받을 계획이라고 하니 참으로 놀라운 수치(數値)다.

아내가 충수염 수술을 받고 열흘 정도 입원한 적이 있었다.

초등학교 1학년인 큰손자 또래의 사내아이가 사타구니에 종이컵을 덮어씌우고 마치 밤송이를 끼고 걷는 것처럼 어정쩡한 자세로 엘리베이터 앞을 지나갔다. 사람이 가득한 엘리베이터 안에서 손자가 느닷없이 물었다.

"할아버지! 조금 전 그 애는 왜 고추에 컵을 달고 있어요?"

"수술을 했나 보다"

"무슨 수술을 했는데요?"

"네 또래 머슴애들이 많이 하는 포경수술을 했나 보다."

"저도 해야 돼요?"

"안 했으면 이번 겨울방학 때 하렴, 일찍 하는 게 좋단다."

"저는 하기 싫은데…… "

"그래도 하는 것이 건강에 좋단다."

"그럼 할아버지도 했어요?"

엘리베이터 안 여기저기서 킥킥거리며 웃음이 터져 나온다. 당황스럽기는 나보다 며느리가 더 했나보다. 며느리가 검지를 손자의 입술에 댄다. 평소에도 궁금증이 많은 녀석은 제 어미의 제지에도 나를 올려다보며 대답을 재촉하는 것 같다.

마땅한 대답이 생각나지 않아 "네 작은 아빠는 했어." 하고 애먼 사람을 끌어들였다.

"그럼 아빠는요?"

결국, 손자가 며느리에게 뒤통수를 가볍게 쥐어 박힐 쯤 엘리베이터 문이 열렸다. 끈질긴 녀석이 나에 대한 대답을 듣고 싶어 하지만 성인이 될 때까지 대답해줄 수가 없다. 그래서 마음속으로 대답

한다.

포경수술도 유행병이나 산불처럼 번지는 때가 있는 모양이다. 손자가 네댓 살이 되었을 무렵 사내아이들은 내남없이 포경수술을 해주느라 병원에 들락거린 적이 있었고, 내가 군대 생활을 할 때도 부대에 포경수술 붐이 일었다. 60년대 내가 근무한 전방 부대는 의무실이 없었다. 빨간 십자가 그려진 가방 하나만 달랑 메고 예하 부대를 돌아다니는 위생병이 있었는데, 가방 속엔 가벼운 부상을 치료할 수 있는 소독 약품과 항생제, 진통제, 해열제, 소화제, 따위의 약을 넣고 다녔다. 당시 위생병은 의학 공부를 제대로 한 의대 출신이 아니고, 군의학교에서 단기간 교육받아 겨우 응급처치만 할 정도의 실력을 가진 사병이었다. 우리 부대에 배속된 위생병은 갓 일등병이 된 졸병이라 실전 경험이 전혀 없는 돌팔이 위생병이었다.

부대원과 얼굴이 익자마자 포경수술을 전문으로 하는 외과 의사 행세를 한다는 소문이 퍼졌다. 그러나 공짜지만 아무도 수술을 하겠다는 사람이 없었다. 수술 자체가 불법이기도 하지만, 돌팔이 위생병의 실력을 믿을 수가 없었고, 자칫하면 양물을 내맡겼다가 잘못 건드려 고자가 되어 평생을 내시처럼 살면 어쩌나하는 불안 때문이었다. 수술 중에 지혈이 되지 않아 생명까지 잃을 수 있는 위험한 수술인데 그때 우리는 몰랐었다. 위생병이 상병이 되었을 땐 위상이 달라져서 팔자걸음으로 목에 힘을 주는가 하면, 게트림을 해대며 귀한 몸 행세를 했다. 철책선 부근에서 근무하는 박 중사의 부인이 예정일보다 일찍 아이를 낳게 되었다. 전방에 있는 작은 마을이라 병원은커녕 조산원이나 산파도 없었다. 위생병이 달려가서 아이를 받고 이레 동안 미역국은 물론, 아기 기저귀도 빨면서 산모를 극진히 보살펴 모두 건강하다고 했다. 위생병이 똥 묻은 기저귀를 빨고 산후조리에 정성을 다 한 것은 산모가 사돈이기 때문이었다. 입대할 무렵 결혼을 했는데 하필이면 이런 곳에서 만나 치마 속을 들여다보게 되었으니 사돈도 민망해 했고, 나도 민망하여 얼굴을 들 수 없었다고 너스레를 떨었다. 위생병이 말은 그렇게 했지만, 민망해 하는 구석은 전혀 없어 보였다. 우리는 입을 벌린 채 부러운 눈으로 녀석의 입만 바라보았다.

그뿐 아니라, 중대장 부인도 예정일보다 미리 낳는 바람에 위생병이 달려가 아이를 받고 탯줄을 끊어 산파역을 빈틈없이 해냈다. 위생병이 처음엔 남자 양물 까는 게 전문이라고 소문이 나더니 이젠 산부인과 전문의가 되었다고 쑥덕거렸다. 그때는 한글을 깨치지 못해 편지를 대독하고 대필해 줘야 하는 병사가 몇 명 있었다.

그중에 산골에서 돼지를 키우다가 군대에 온 동기가 있었다. 늙은 돼지는 새끼를 낳다가 한두 마리가 뱃속에 있는데도 힘이 빠져 자력으로 낳지 못하는 경우가 있다고 한다. 그때 뱃속에 있는 돼지를 안전하게 꺼내는 기술을 가진 사람이 면 단위에서는 자기뿐이라며 자랑하던 최 상병이 위생병의 실력을 신뢰한다며 제일 먼저 포경수술을 받겠다고 자청했다. 그리고 수술은 성공적으로 끝났다.

돌팔이로 알았던 위생병이 산부인과 비뇨기과 외과를 통달했다는 소문이 퍼지자 너도나도 위생병 앞에 보물을 내맡겼다. 수술 기구나 마취제가 있을 리 없었다. 완전 원시인의 수술법이었다. 생살을 자르고 꿰맨다는 것이 보통 배짱으로는 언감생심이었다. 수술을 받으려면 일정도 맞아야겠지만 먼저 아리랑 담배 두 갑을 준비해야 했다. 담배 두 갑으로 포경수술을 한다면 공짜나 마찬가지였다. 제법 많은 사람이 하다 보니 가끔 부작용도 있었다. 염증이 생기는 경우는 비일비재하고, 한쪽을 너무 많이 잘라 새우처럼 꼬부라진 사람이 있는가 하면, 염증 후유증이 심해 쥐가 파먹은 것처럼 울퉁불퉁 흉측하게 생긴 사람도 있었다. 걸음을 걸을 때 가랑이를 벌려 어기적거리면 대뜸, "너, 깠어? 걸음이 왜 그래?" 그랬었다. 군대서는 포경수술을 '깐다.' 라고 표현한다.

나도 까야 하는데 간이 작은 탓에 자꾸만 미루다가 호주머니 속에 넣고 다니던 담배가 찌그러져서 엉망진창이 되었다. 이등병 때 간호장교가 까라는 권유도 있었고 해서 이번엔 굳은 결심을 했는데 위생병이 너무 바빠서 깔 기회가 좀처럼 만들어지지 않았다. 위생병과 내가 제대할 날이 가까워졌는데 이 핑계 저 핑계를 대고 자꾸만 미루는 바람에 막걸리를 사 주면서 아부를 한 후에야 녀석 앞에서 팬티를 벗었다.

거꾸로와 우렁각시

신혼 시절 왕십리 부근 달동네에서 잠시 살았다.

달동네 중에서도 꼭대기 동네라 담장이나 대문이 달린 집은 한 집도 없었고, 슬레이트, 루핑, 양철 따위의 처마 끝이 서로 닿을 정도로 다닥다닥 붙어 있었다. 바람이 불면 새우깡 봉지와 라면 봉지가 골목에 나뒹구는 가난한 동네였다. 내가 사는 방은 창문이 있는 북쪽이 길이었고, 출입문이 있는 동쪽도 길이었다. 그래서 신발은 부엌에 벗어 놓아야 했고 출입도 부엌으로 드나들었다. 출입문 쪽이 동네에서는 가장 넓은 편이라 동네 사람들이 모여서 도란도란 이야기를 나누는 곳이기도 했다. 새벽부터 통행금지 시간까지 지나는 사람들의 발자국 소리가 들렸고, 만취한 동네 사람이 소리 지르며 주정하는 장소로도 이용되어 밤잠을 설치기 일쑤였다. 블록과 판자로 지은 집이라 술 취한 사람이 지나가다 거칠게 기대기라도 하면 바람벽에 걸어 둔 사진틀이 떨어질듯 흔들거렸고, 쥐 오줌으로 얼룩진 벽과 천정은 밤이면 쥐들이 장난을 치느라 요란했다. 따라서 주위의 열댓 집은 부엌에 숟가락이 몇 개인지 서로가 훤히 꿰고 있었다. 내가 사는 집 옆방에 마흔 살이 조금 넘은 홀아비가 살았다. 이 홀아비는 방귀 때문에 홀아비가 되었다고 한다. 연속으로 방귀를 뀌는 탓도 있지만, 소리가 대포 소리 같아서 잠자는 아이가 놀라서 깨고 서너 집 건너에서도 또렷이 들렸다고 했다. 방귀쟁이는 직업이 없어 빈둥거리고 부인은 감자 껍질을 벗기거나 마늘을 까서 연명하는 처지였다. 부인이 아이에게 젖을 물려 겨우 재워 놓고 마늘 까는 일을 하려고 하면 방귀를 뀌어 자는 아이를 깨워 놓았다. 방귀 소리에 놀라 선잠을 깬 아이가 울어도 달랠 생각은 않고 연방 대포를 쏘아 대니 아이가 더욱 놀라서 울어댔다. 우는 아이 때문에 밥벌이가 시원찮으니 자연 부부싸움이 잦았다.

결국, 부인이 무능한 방귀쟁이를 남겨두고 아이와 함께 가출을 해 버렸는데, 햇수로 육 년이 지났지만, 아직도 소식이 없다고 한다. 내가 이 동네에 이사를 올 때도 방귀 소리가 우리 방까지 우렁차게 들려 놀라기도 했는데 익숙해지니 견딜 만했다. 동네 사람 중 나이가 많은 사람들은 아예 대놓고 방귀쟁이라고 부르거나, '거꾸로' 라고 불렀다. 거꾸로의 유래는 이렇다. 또래의 남자들이 술자리에서, 방귀가 그렇게 대책 없이 나오는 건 틀림없이 무슨 병이니 병원에 가보라고 했다. 거꾸로는 여러 병원을 가보았고 약도 먹어 보았지만, 효험이 없었다는 것이다. 내가 사는 집주인 양 씨가 말했다. 뱃속 어딘가 오작동을 일으키고 있으니 그런 거지 그 무슨 여드레 삶은 호박에 송곳 안 들어가는 소리하고 있느냐고 했다. 술이 얼큰하게 취한 방귀쟁이가 말했다. 자기가 태어날 때 머리부터 나와야 하는데 다리부터 거꾸로 나와서 그런 것 같다고 했다.

의학적으로 증상을 알 수 없어 무당에게도 물어보았지만, 원인을 모른다기에 더는 왈가왈부 할 것도 없고 방귀가 잦은 것은 거꾸로 태어났기 때문이라고 결론지었다. 그중 또래의 친한 사람은 거꾸로 빠진 놈이라며 놀려댔지만, 미간도 꿈쩍하지 않았다. 방귀쟁이 사내는 무골호인이다. 어찌 보면 한두 푼 빠지는 옹춘마니 같고 가을에 깐 병아리처럼 비실대는 것 같지만 남모르는 비장의 무기를 가지고 있을 거라며 아낙네들은 쑥덕거렸다.

요즘 거꾸로 태어난 사내의 생활이 제법 나아졌다. 동네 사람들의 도움으로 경동시장에서 채소와 과일을 실은 화물차가 들어오면 물건을 내리는 일을 한다. 방귀쟁이의 똥구멍이 예전처럼 요란한 소리를 내진 못해도 나오는 양은 별로 달라진 게 없었다. 방귀쟁이는 내가 사는 집주인과 한 조가 되어 일한다. 짐을 내릴 때부터 미주알이 열리면 10톤이 넘는 짐을 다 내릴 때까지 뿡뿡거린다고 하니 기네스북에 올려도 손색이 없을 것이다. 방귀쟁이의 또 한 가지 특징은 방귀 소리를 마음대로 조절할 수 있다. 방귀를 길게 이어 뀌거나 짧게 끊어서 뀔 수 있고, 소리를 크게 하거나 작게 하여 뀔 수 있는 능력을 가졌다. 방귀쟁이는 동네 감초였다. 부지런해서 동네의 좋은 일이나 궂은일을 가리지 않고 도맡아 처리했다. 성격이 뭇방치기 기질이 다분하지만, 눈총 주는 사람은 없었다. 동네 누군가가 개업을 한다며 돼지머리를 사왔는데 방귀쟁이가 털을 깎고 손질하면서 또 방귀를 뀌기 시작했다. 주위에는 아낙네와 노인들이 여럿 있었지만 아랑곳하지 않고 뻥뻥 뀌어 대니 노인회 회장이 한마디 했다.

"자네 똥구멍에 설치된 고장 난 차단기는 언제 수리할 건가? 어지간하면 수리 좀 하게."

노인회 회장의 말을 들은 체도 않고 열댓 번을 더 뀌어댔다. 버릇없는 놈이라며 나무랄 것 같았는데, 노인회 회장은 포기했다는 듯 껄껄껄 웃고 넘겼다. 굼벵이도 구르는 재주가 있다고 했던가. 계모가 푼 밥사발처럼 허술한 곳이 많지만, 방귀쟁이에게 우렁각시가 나타났다. 방귀 때문에 마누라를 잃고, 방귀 때문에 각시를 얻었다. 한 달에 두서너 번 정도 나타나서 집 안을 깨끗하게 청소하고, 때가 절어 처박아 둔 옷을 세탁하고, 맛있는 음식을 만들어 먹으며 하룻밤을 지새우고 돌아간다. 우렁각시는 방귀쟁이에겐 삶의 끈이고 행복 바이러스며 용기와 힘의 원천이었다. 우렁각시는 어둡고 쓸쓸한 방귀쟁이의 얼굴을 복사꽃처럼 밝고 붉게 물들여 놓고 갔다. 우렁각시는 시장 모퉁이에서 혼자 해장국집을 운영한다고 했다.

우렁각시가 왔다 가는 날은 해가 하늘 복판에 와서야 일어났다.

따라서 방귀쟁이의 하루 품삯이 날아가고 해장국집 손님이 헛걸음질하는 날이다. 우렁각시의 뒷모습을 본 아낙네들은 식당 문을 닫을 만큼 좋은 뭐가 있는 모양이라며 수군거렸다. 있긴 뭐가 있어? 불알 두 쪽 말고 뭐가 있어? 더구나 오만 날을 담배를 물고 다니는 철록어미라 십 리 밖에 있어도 담배 냄새가 진동하는데…… 긴 시간 창고에 차곡차곡 쌓아 놓았던 홀아비의 힘을 헐어 쓰는 모양이지요, 하면서 키득거렸다. 우렁각시가 사족을 못 쓰도록 하는 불가사의한 비밀은 어림짐작으로 결론을 내렸다. 수컷의 기능이 청춘처럼 녹슬지 않았을 것이라고.

방귀쟁이가 우렁각시를 휘어잡는 비법은 나도 어렴풋이 안다. 내가 사는 방과 방귀쟁이가 사는 방은 블록 한 장이 가로막고 있다. 옆방에서 하는 딸꾹질 소리도 선명하게 들리고 옷 벗는 소리까지도 들릴 정도다. 우렁각시가 오는 날은 우리는 이불을 겹으로 덮어쓰고 자야 했다. 목을 조르는지 숨이 넘어가는 감탕질 소리와 교소에 잠을 이룰 수가 없었다. 밤을 하얗게 지새우며 음양이 핵분열을 일으키는 바람에 아내와 나도 잠을 이루지 못해 아침이면 토끼눈처럼 충혈 되기 일쑤였다.

나는 방귀쟁이 거꾸로의 신체 구조에 대해 의문을 가지기 시작했다. 보통 남자보다 불알을 두서너 개 더 달고 있거나 자지를 두 개 달고 있는 줄 알았다. 불알 두 쪽이 힘에 겨우면 저장된 두 쪽을 꺼내 사용하는 것 같았다. 간밤에도 잠 못 들게 요란을 떨더니 점심시간이 다 되어서 일어난 우렁각시는 새색시처럼 앞치마를 곱게 차려 입고 김장을 하고 있었다. 간이 맞는지 보라며 작은 배추 잎 하나를 쭉 찢어 방귀쟁이 입에 넣어 주곤 살짝 미소를 지었다. 언제부터 미주알을 열어 놓고 있었는지 모르지만, 방귀쟁이는 양념을 버무리는 우렁각시 옆에 서서 오토바이 소리를 내며 가스를 내뿜고 있었다. 쉽게 멈출 것 같지 않은 방귀를 뀌고 서 있는 거꾸로의 표정이 한없이 행복해 보였다.

나야 주야장천 뀌어 대는 방귀 소리가 이골이 나서 아무렇지도 않지만, 우렁각시 귀에도 이젠 익숙해졌는지 전혀 내색하지 않는다. 한 달에 두서너 번 만나는 사이라지만, 가진 것 없고 먹다 남긴 떡볶이처럼 말라비틀어진 저 사내가 우렁각시의 오금을 묶는 비법이 무엇인지 오늘은 기어코 물어볼 작정이다. 불알 두 쪽만 가지고도 여자를 손아귀에 넣는 비법이 방귀와 연관이 있어 보이기에 하는 말이다.

거머리

유년 시절 내가 자란 마을은 소달구지도 드나들지 못하는 첩첩 산중이었다. 뒷골과 앞 골에 드문드문 흩어져 사는 가구를 모두 합쳐도 열댓 집에 불과했다

학교가 있는 면 소재지까지 대충 십리 길이라고 하지만, 조금 부풀리는 사람은 시오 리가 창창하다고 했다. 학교 가는 길엔 섶다리를 건너야 하고 산 제비 넘나드는 서낭당 고개도 넘어야 한다. 비가 조금만 오면 물에 잠기는 징검다리가 있고, 고갯길이 험해 가마가 재를 넘지 못했다. 시집오는 새색시도 가마에서 내려야 했고, 걸어서 고개를 넘어야했다.

우리 마을에 학생은 단 둘이었다. 초등학교 5학년인 옆집 누나와 1학년인 나 뿐이었다. 학교 가는 길이 멀고 위험했지만, 농사에 정신이 팔린 어른들은 우리에게 관심도 없었다. 옆집 누나는 할머니

가 있었고, 나는 엄마가 있었지만 우리가 학교에 갔는지 왔는지 알려고 하지 않았다. 누나와 나는 들개처럼 쏘다니며 자랐다. 얼음이 녹고 논두렁이 질퍽거리는 봄이 오면 산벚나무가 수줍어 얼굴을 붉힌다. 산모롱이를 휘돌아 날숨 한번 크게 쉬면 진달래 군락지가 밥상을 차려놓고 우릴 기다린다. 입술이 파래지도록 진달래 꽃잎을 따먹다가 싫증이 나면 풀피리나 호드기를 만들어 불었다. 나는 책이 든 보따리를 우측 어깨와 좌측 겨드랑이를 거쳐 앞가슴에 질끈 묶었고, 누나는 책 보따리를 허리에 두르고 끈은 배꼽 위에 묶었다. 양철 필통에 든 몽당연필이 걸을 때마다 딸그락거렸다. 누나는 내 보호자였고, 절대적인 권력자였다. 온갖 심부름은 말할 것도 없고, 학교도 그날그날 누나의 기분에 따라 가기도 하고 땡땡이치기도 했다.

누나가 공부하기 싫거나 몸이 조금만 찌뿌듯해도 학교 가는 걸 포기하고 생고구마를 파먹거나 개똥참외를 따 먹으며 시간을 보냈다. 누나의 성격이 얄망궂다 하여 내가 따지고 들 형편은 아니었다. 나도 학교가 가기 싫은 적이 많았다. 공부하기 싫은 것도 있었지만, 무엇보다 여우 골 입구에 있는 상엿집 옆을 지나는 것이 복마전이었다. 날씨가 맑은 날은 덜 하지만 흐리거나 가랑비라도 추적추적 내리는 날이면 길목에 여우와 도깨비가 기다리고 있을 것 같았다. 상엿집 옆을 지날 때면 나는 누나의 팬티 겸 반바지의 고무줄을 움켜잡았고 누나는 발뒤꿈치를 들어 도둑고양이처럼 살금살금 지나갔다. 꼭 이런 때 구슬프게 우는 산비둘기소리가 귀신 울음소리처럼 들렸다. 금방이라도 귀신이나 도깨비가 튀어나올 것 같아 머리카락이 쭈뼛쭈뼛 솟는 것 같았다. 상엿집을 지나자마자 누나와 나는 냅다 뛰는데 누나는 내 발걸음 소리에 놀라고 나는 누나의 발걸음 소리에 기겁을 하여 울음보를 터트린 적이 여러 번이었다.

여름 방학을 앞두고 누나와 나는 더위를 참지 못해 논 언저리에 붙은 제법 큰 웅덩이에서 멱을 감고 놀았다. 앞서 가는 누나가 자꾸만 사타구니를 긁으며 걸었다. 오래지 않아 누나는 길옆 풀숲에 벌렁 드러누웠다. 급하게 드러눕는 바람에 하마터면 소똥을 베고 누울 뻔하였다. 때를 모르고 핀 살살이 꽃이 누나의 머리맡에서 한풀이 춤을 추고 있었다. 구중궁궐 내밀한 곳에 뭐가 붙었는지 확인해보라는 것이다. 내가 들여다보기 좋게 무명 바지 겸 팬티를 벗어 무릎을 세웠다. 아이 낳을 여자가 하는 자세였다. 누나의 자세가 하도 요염하고 는실난실 한지라 얼굴이 홧홧거렸다. 서너 걸음 떨어져서 바라보곤 깜짝 놀랐다. 어쩌면 나하고 저렇게도 다르게 생겼을까. 누나도 원래는 나처럼 불알이 있었는데, 누가 떼어 간 자국 같았다. 며칠 전에도 땡땡이치고 산골짜기로 들어가 물장구치며 놀았지만 예사로 보았었다.

누나의 고함 소리에 깜짝 놀라 구중궁궐 대문 안을 살펴보니 까만 팥알 같은 것이 어룽어룽 붙어 있었다. 가까이 와서 자세히 살펴보라는 명령에 따라 무릎을 꿇고 콧잔등을 바투 디밀었다. 오줌 나오는 곳에 거머리가 붙었다는 내 말이 끝나자마자 벌떡 일어나 쪼그리고 앉았다. 똥을 누려면 나를 물리치거나 누나가 다른 곳으로 갔을 터인데, 오줌을 누려는 모양이다. 그래서 뜨거운 오줌으로 거머리를 깜짝 놀라게 하여 떼어낼 요량인가 보았다. 급한 나머지 힘을 주지만 오줌은 나오지 않고 물방귀만 뿡뿡거렸다. 옛날 할머니도 그랬고 어머니도 그랬다. 요강에 앉으면 소변 나오는 소리보다 방귀 소리가 먼저 들릴 때가 있었다. 한참 만에 수캐 영역 표시하듯 찔끔거리곤 다시 드러누웠다. 살펴보니 거머리란 놈이 오줌 벼락을 맞고 조금 더 깊이 들어 가버린 것 같았다. 흙 묻은 손으로 산부인과 의사가 되었다. 미끌미끌 잘 잡히지 않아 만지작거릴 수밖에 없었는데, 누나는 내가 조몰락거리는 게 재미있어 장난질을 하고 있는 줄 알았나 보다. 발길로 내 어깨를 후려차면서, "이 문디 자슥아, 당달봉사 가? 손가락이 얼었나? 곰배팔이가? 거머리 하나를 *몬 띠나?" 하고 소릴 질렀다. 나는 저만큼에서 엉덩방아를 찧었다. 때마침 회오리바람이 먼지를 휩쓸고 지나가며 누워있는 누나를 덮쳤다. 바람에 날려 온 지푸라기 하나가 옥문 위에 차단기처럼 걸쳐졌다. 한 대 걷어차인 터라 꿀단지가 깨지거나 말거나, 옥문 문짝이 떨어져 나가거나 말거나, 아프거나 말거나 거머리란 놈의 목을 비틀어 거칠게 떼어 냈다.

누나가 6학년, 내가 2학년이 되고부터 누나는 달라지는 게 많았다. 우선 앞가슴이 자두 만하게 부풀어 올랐다. 어제도 하굣길에 횃

대 비를 곱다시 맞는 바람에 몸이 흠뻑 젖어 물에 빠진 사람 건져 놓은 것 같았다. 몸매가 벗은 듯이 드러났다. 걸음을 걸을 때마다 도톰하게 커버린 궁둥이가 탄력 있게 씰룩거렸다. 뒤태를 보니 처녀티가 나고 여자 냄새를 풍기는 것 같았다. 누나의 옷이 달라졌다. 남녀 공용 무명 팬티 하나만 걸치고 다녔는데 메리야스 팬티로 바뀌었다. 나와 허물없이 옷을 벗고 장난치며 뒹굴었는데, 어느 날 갑자기 일쩝다는 표정을 노골적으로 짓는 바람에 둘 사이가 서름서름하고 버성기기 시작했다.

아침부터 더위가 극성을 부리던 날, 누나는 학교 대신 산골짜기로 발길을 돌렸다. 땡땡이치는데 이골이 난 터라 물어볼 필요가 없었다. 그날도 우리는 덜 익은 것이 더러 있었지만, 산딸기가 지천이라 신물이 날 만큼 따먹었다. 노루잠이었지만 외솔나무 그늘에서 낮잠을 자고 일어나니 누나는 계곡에서 멱을 감은 모양이다. 그늘진 바위에 비스듬히 누워있고, 볕이 잘 드는 바위 위에는 누나의 젖은 속옷이 널려있다. 희미한 민들레꽃 무늬가 촘촘히 박힌 메리야스 팬티 앞부분에 큼직한 장미꽃 한 송이가 그려져 있었는데, 햇빛을 받아 유난히 붉게 보였다. 빨간 장미꽃 때문일까. 뻐꾸기가 울고, 매미가 자지러지게 고함을 질러 귀가 따갑다. 상수리나무 우듬지에 앉은 잡새가 잠든 누나를 내려다보고 실없이 울어 재낀다.

누나는 중학생이 되면서 대처에 사는 오빠 집으로 유학을 떠났고, 나도 도회지로 전학을 갔다. 일 년이 하루처럼 세월이 빨랐다. 가끔 만나는 누나는 처녀티가 완연했다. 누나가 여고 3학년이 되면서 가슴과 엉덩이가 아이 둘 낳은 이장 댁 둘째 며느리보다 더 컸다. 산 그림자가 마당에 내려앉고 감나무 키보다 그림자 길이가 갑절이나 길어질 무렵, 잔잔한 바닷물이 일렁거리듯 푸른 보리밭이 좌우로 어깨춤을 추었다. 노을이 초가지붕을 붉게 물들이고 보리밭에도 붉은 물감이 번졌다. 주말이라 다니러 온 옆집 누나와 군대 가서 휴가 나온 뒷골 형이 몸을 수그리고 보리밭으로 뛰어 들어갔다. 형과 누나가 들어간 보리 고랑은 바람이 불지 않는데도 보리가 심하게 흔들렸고, 노고지리와 뻐꾸기가 목을 놓아 울었다.

＊몬 띠나? : 못 떼어내나?

총각 딱지

국어사전에 의하면 총각은 혼인하지 않은 청년, 숫총각은 여자와 성적 관계가 한 번도 없는 총각이라 한다. 요즘이야 동거를 해보고 결혼하겠다는 미혼 남녀가 부지기수인데 '숫'이 붙는 처녀 총각이 무슨 의미가 있을까마는, 반세기 전만 하여도 첫날밤을 치르고 나서 처녀의 흔적이 없으면 숫처녀가 아니라 하여 소박맞는 경우가 종종 있었다. 따라서 달거리가 시작되면 처녀막을 보호하기 위해 다락을 오르거나, 실개천을 건너뛰거나, 다리를 크게 벌리거나, 자전거를 타지 않는 등 행동거지를 매우 조심하였다. 반대로 남자는 숫총각의 딱지가 떨어져도 시빗거리가 되지 않았다. 숫총각이라고 하지만, 진품인지 짝퉁인지 가려낼 방법이 없었기 때문이리라. 영구의 숫총각 딱지는 창졸간에 생각지도 못한 곳에서 떼였다.

창녀촌이 전국 곳곳에서 번성하고 있을 때다. 부산은 완월동, 인천은 옐로하우스, 대구는 자갈마당, 서울은 영등포역, 용산역, 서울역, 종로 3가, 청계천 7가 등 대단위 창녀촌만 열 손가락으론 꼽을 수가 없었다. 면 소재지 다방과 여인숙엔 여러 명이 득실거렸고, 부대 앞 술집에도 창녀가 성업 중이었다.

영구는 입대 영장을 받아 놓고 잠시 학교 신축 공사장에서 허드렛일을 한 적이 있었다. 거리에서 우연히 만난 선배가 여기저기 기웃거리며 빈대 붙어사는 영구를 데리고 파주에 있는 공사장으로 간 것이다. 녹음방초의 계절이라 선배와 영구는 공사장 현장 식당에서 숙식을 해결하고 있었다. 공사장 근처에는 미군 부대가 많았다. 비가 추적추적 내리는 날, 공사장 식당엔 파리 떼가 우글거려 낮잠마저 설치게 했다. 마침 열흘 치 일당 받은 돈이 있어 부근에 있는 순댓국집으로 갔다. 머리 고기와 순대를 섞은 안주에 노란 양은 주전자가 댓 번을 오고 간 탓에 선배는 취기가 있었다. 선배는 영구를 한참이나 바라보며 히죽히죽 웃더니 뜬금없는 말 한마디를 툭 던진다.

"너, 해봤어?"

"뭘요?"

"뭐긴 뭐야 인마! 여자하고 거시기 해봤냐 말이야?"

"안 해봤는데요."

군대 갈 나이가 되도록 안 해 봤다고 하면 천하의 촌놈이라 할까봐 해 봤다고 대답할까 망설이다 사실대로 말해버렸다. 예상대로 손가락질을 해대며 낄낄거리더니, "이런 촌놈 같으니라고, 내가 오늘 머리 올려주지. 해웃값도 내가 내고 총각 딱지를 떼어주겠다 이 말이야."

선배는 공사장 사고로 앞니 세 개가 빠져있어 발음이 온전치 못했는데 총각 딱지를 떼어주겠다는 말은 정확하게 알아들을 수 있었다. 밖으로 나오니 내리던 비는 그치고 하늘은 맑게 개어 있었다. 열사흘 달빛이 보름달인 냥 밝았다.

영구는 앞서 가는 선배를 따라 논두렁길을 걷고 있었다. 벼가 땅 냄새를 맡고 뿌리를 내렸는지 달빛 아래서도 튼실해 보였다. 논두렁에서는 여기저기 개구리들이 짝짓기 파티를 즐기고 있었고, 짝짓기 하던 개구리가 수놈을 등에 업은 채 논으로 첨벙 뛰어들었다. 개구리가 요란하게 울다가 두 사람의 발걸음 소리에 울음을 뚝 그쳤다. 누가 통제라도 하는 듯 가까이 오면 일제히 그치고, 저만큼 멀어지면 악을 쓰며 울어댔다. 영구가 암컷을 찾아 나선 줄 아는 듯 개구리도 암컷을 찾는 울음소리가 곡비의 곡소리만큼 애달프다.

보름이 되려면 이틀이나 남았지만, 논두렁을 걷고 사물을 판단하는 데는 지장이 없었다. 선배는 미로 같은 논길을 거침없이 가는 것으로 보아 한두 번 오간 것이 아니어서 발씨가 익었다. 영구는 도깨비에게 홀려서 가는 것처럼 불안하기 시작했다. 가기 싫다고 말을 할까. 어디로 가느냐고 물어볼까. 처음부터 사양하지 않고 무작정 따라나선 것이 후회되고 혼란스러웠는데 선배가 먼저 입을 열었다.

"이제 다 왔어, 이 집은 멀긴 해도 싸고 예쁜 년들이 많아."

실개천을 건너고 논두렁을 지나 산굽이를 돌아온 길이 어림잡아 십 리는 넉넉히 되지 싶다. 이마에 땀방울이 송골송골 맺히고 등줄기가 땀에 촉촉하게 젖을 무렵 나지막한 산자락에 외딴집이 보였다. 마당엔 여러 명의 사내가 웅성거리고 있었다. 선배는 걸음 속도를 늦추며 혼잣말처럼 중얼거렸다.

"아! 참, 오늘이 미군 부대 월급날이지. 그래도 어쩔 수 없지."

미군 부대 월급날은 단대목처럼 붐비는 곳이 이곳이란다. 내실을 제외하고 방이 세 개인데, 문 앞에는 두서너 명씩 줄을 서 있었다. 영구는 가운데 방 앞에 서고 선배는 우측 방 앞에 섰다. 곧 포주 할머니가 방문을 두드리며, "얘들아! 시간 됐어." 하고 소리를 질렀다.

일분이 채 지나지 않은 것 같은데 세 개의 방문이 거의 동시에 열리며 사내 셋이 허리춤을 움켜쥐고 나왔다. 여자 셋도 타월로 아랫도리만 가린 채 마당 가운데 있는 우물가로 나왔다. 여기는 인간들의 섹스 향연이 벌어지고 있었다. 오늘은 인간과 개구리가 섹스를 즐기는 날인가 보다. 여자들은 양팔을 벌려 긴 호흡을 한 다음 마중물 한 바가지를 펌프에 붓곤 물을 퍼 올려 플라스틱 바가지로 어깨 위에 끼얹었다. 앙가슴에도 한 바가지, 사타구니에도 한 바가지 끼얹는 걸 잊지 않았다. 옆에 남자들의 눈길이 쏠려도 아랑곳하지 않았다.

달밤이지만 여자의 나체를 옆에서 바라보니 가슴이 뛰어 숨이 멎을 것 같았다. 여자를 경험한 친구들이 부풀려서 말한 줄 알았는데 달빛 아래 여자의 몸은 아름답고 신비스런 천사가 틀림없었다. 기회가 되면 선배 몰래 도망치리라 손톱 여물을 썰고 있던 영구의 마음은 짚불처럼 허물어졌다. 대기한 손님이 이십 분 정도의 시간을 배정받고 방으로 들어갔다. 십분 간의 휴식 시간을 합쳐 삼십 분마다 한 사람씩 처리해야 하는 기계였다. 동작이 굼뜬 사람은 바지도 벗기 전에 시간이 끝날 것 같은데 구시렁거리는 사람은 아무도 없었다. 마치 붕어빵틀에서 붕어빵을 구워내듯 하였다. 엄격한 시간제한을 하는지라 설익은 빵은 나올지 몰라도 태운 빵은 나오지 않을 성싶었다.

막걸리를 마신 탓인지 아니면 긴장한 탓인지 오줌소태 걸린 사람처럼 두 번이나 화장실에 드나들며 삽살개처럼 찔끔거렸다. 하늘엔 또렷한 별들이 손에 잡힐 듯하고 사방에선 개구리 울음소리가 요란했다. 이윽고 영구 차례가 왔다. 또다시 가슴이 뛰기 시작했다. 이렇게 가슴이 뛸 줄 알았다면 진정제라도 하나 먹고 올 걸 그랬나 싶었다. 선배가 피식 웃으며 한마디 던진다.

"처음엔 토끼나 염소와 다름없을 테니 잘하면 두 번 할 수 있어."

선배의 말귀를 알아듣지 못했지만 긴 시간이 흐른 후에야 말뜻을 알아들었다. 쌍코피가 터지는 경우가 있다기에 나오는 사람들을 유심히 살폈지만, 코피 터진 사람은 보이지 않았다. 방문이 열렸다.

아랫도리가 후들거린다. 긴장한 상태로 오래 서 있었더니 가래톳이 선 것 같다. 방안으로 들어서니 삼십 촉짜리 빨간 전구 아래 안전망이 씌워진 고물 선풍기가 덜커덩거리며 돌고 있고, 여자는 실오라기 하나 걸치지 않은 채 벽에 등을 기대고 담배를 길게 빨아 내 품었다. 겁먹은 영구는 뜨악한 몸짓으로 곡좌하여 앉았다. 가까이서 본 여자의 본새와 몸매는 예쁜 편이었고 매초롬하였으며 허리는 조롱목 같았다. 나이는 영구 또래인 스무 살이 갓 넘은 듯했다.

그런데 옥에 티라고나 할까, 젖이 짝 젖이었다. 한쪽 젖이 완연하게 크게 보였거니와 밑으로 엄청나게 쳐진 탓에 젖꼭지가 배꼽 부근에 있었다. 대접젖보다는 사발젖이 옷맵시도 나고 좋다는 말을 어디서 들은 것 같은데 이 여자의 젖은 어디에 해당하는지 가늠할 수 없었다. 엉거주춤하게 있는 영구를 훑어 본 여자는 아이를 다루듯 한마디 했다. “너 아다라시지(처음, 신품)?” 하며 반말을 했고, 영구는 새색시처럼 “예” 하고 존칭어를 썼다. 여자가 담배를 비벼 끈다.

재떨이 옆엔 먹다 남은 오징어와 만화책 여러 권이 널브러져 있었다. 여자는 오징어 다리 하나를 찢어 입에 넣고 만화책을 펼치며 적선하듯 한마디 했다.

“빨리하고 가!”

영구는 설익은 붕어빵이 되었고 총각 딱지는 개구리 울음소리에 실려 갔다.

종마種馬와 시정마始情馬

사람들은 나를 종마(種馬)라 하고 씨수말이라고도 합니다.

때로는 나를 황제 말이라고도 하는데 세상에 나보다 팔자 좋은 수컷은 없기 때문일 것입니다. 내 몸값은 40억 원쯤 됩니다. 참고로 지구에서 가장 비싼 종마는 영국에 있는데 500억 원이 넘고, 짝짓기 한번 해주고 10억 원을 넘게 받는 종마가 캐나다에 있다고 하니 나는 그리 특별난 것도 없는 보통의 종마입니다. 내 한 달 생활비는 천만 원 정도 됩니다. 하루 밥값만 십만 원이 넘습니다. 끼니마다 홍삼과 마늘 그리고 오메가3 등 정력에 좋다는 음식만 먹기 때문입니다. 2천 평이 넘는 초원에서 풀을 뜯고 산책도 하지만, 숙소로 돌아오면 러닝머신도 준비되어 있습니다.

실력 있는 수의사 두 명이 늘 내 몸에 이상이 있는지를 검사합니다. 내가 하는 일은 최상의 컨디션을 유지하고 있다가 전국에서 뽑혀 온 혈통 좋고 건강한 암말에게 씨를 뿌려주는 일입니다. 나는 섹스라고 표현하고 싶지만, 인간들은 짝짓기 한다고도 하고 교미를 한다고도 하더이다. 내 몸값이 비싼 만큼 섹스도 함부로 하지 않습니다. 나와 합방할 암말이 정해지면 시정마(始情馬)가 끌려 나와 발정 난 암말을 애무하면서 흥분을 시킵니다. 암말 중에는 발정이 나도 바로 짝짓기를 거부하고 성격이 사나운 녀석들이 있습니다. 때로는 뒷발질에 얼굴이 채여 크게 다치는 예도 있습니다. 귀하신 몸인 내가 다치거나 쓸데없이 힘을 안 쓰게 하려고 시정마를 투입하는 것입니다.

시정마는 온갖 정성을 다하여 애무하고 흥분을 시켜서 암말이 수컷을 받아들일 자세를 취하면 사정없이 끌려 나갑니다. 시정마는 흥분되어 끌려 나가지 않으려고 네 발을 뻗어 버텨보지만, 채찍으로 매만 맞고 끌려 나갑니다. 어떤 시정마는 땅바닥에 발을 구릅니다. 말이 발을 구르는 것은 화가 최고로 났다는 의미입니다. 내가 봐도 인간은 참으로 비정하고 잔인하기까지 합니다. 시정마가 그렇게 끌려 나갈 때 나는 대기실에서 휴식을 취하다가 보무도 당당하게 나와서 암말 등에 앞다리를 올려놓고 씨를 뿌려주면 됩니다. 내가 편안하게 짝짓기를 할 수 있는 것은 인간 도우미가 도와주기 때문입니다. 도우미의 임무는 내 체력 소모를 최소화하는 것입니다. 암말이 움직이지 못하도록 고삐를 바투 잡고 선 도우미, 꼬리가 교합하는데 방해가 되지 않도록 꼬리를 옆으로 젖혀서 당기고 서 있는 도우미, 그리고 다른 도우미는 손으로 내 생식기를 잡아 조준을 해줘서 힘들이지 않고 사랑을 나눌 수 있습니다.

황제와 폭군 연산군도 나 같은 호사는 누려보지 못했을 겁니다. 내가 씨를 한번 뿌려주고 받는 돈은 4천만 원 정도입니다. 물론 조금 적게 받을 때도 있지만, 짝짓기 한번 해 준 값치고는 결코 적은 돈이 아닙니다. 만물의 영장이라는 인간의 연봉이 4천만 원이 안 되는 사람이 부지기수라고 들었습니다. 내가 교미하는 시간은 빠르면 10초에서 길면 1분입니다. 돈과 비례하면 너무 짧은 시간이라 생각되겠지만, 초식 동물이 대부분 그렇듯 언제 어디서 맹수가 나타날지 모르니 가능한 빨리 짝짓기를 끝내고 주위를 경계해야 목숨을 보존할 수 있기 때문입니다. 나 같은 종마가 되려면 우선 혈통이 좋아야 합니다. 그리고 경주 대회에서 다섯 번 이상 금메달을 따야 합니다.

그리고 내 몸값이 오르려면 내 자식이 자라서 경주 대회에서 우승해야 합니다. 그리되면 내 주인은 로또 복권에 당첨된 것처럼 대박이 납니다. 전국에 암말들이 나의 새끼를 임신하려고 줄을 섭니다. 줄을 일찍 섰다고 내 씨를 받아가는 것도 아닙니다. 혈통과 건강을 철저하게 검증받아야 합니다. 인간의 왕비 간택을 방불케 합니다. 그중에 100마리 정도를 뽑아 1년에 걸쳐 교미합니다. 주색으로 지내다 보니 가끔은 지겨울 때도 있습니다. 하루걸러 짝짓기 하는데 같은 말과 하라면 죽어도 못할 겁니다. 다행히도 매번 다른 말로 바꿔 주니 새로운 힘이 솟는 것입니다. 나는 처녀만 고집하지 않습니다. 과부라고 탓하지도 않습니다. 한 번에 임신이 안 되는 암말은 서너 너덧 번 더 합방하는 경우도 있습니다. 나는 쾌적한 환경에서 최고의 대접을 받고 삽니다. 인간은 권력과 재력이 아무리 높고 많아도 눈치를 봐야 하고 뭉칫돈을 내밀어야 하지만, 나는 뭉칫돈을 받고 떳떳하게 즐길 수 있으니 내가 인간을 부러워해야 할 이유가 없습니다.

인간 사회에서 모든 것을 바쳐 일했는데 이용만 당하고 버림받는 것을 토사구팽兎死狗烹 당했다고 하거나 시정마가 되었다고 합니다. 시골에 어떤 외과 의사가 정성을 다하여 진료하고 정확한 진단을 내려주면 쓰다 달다 말 한마디 없이 서울에 있는 대학 병원으로 가 버린다는 글을 읽었습니다. 어려운 수술도 아니고 첨단 장비가 필요한 것도 아닌데 그렇게 버림받다 시피하면 꼭 시정마가 된 기분이라고 말입니다. 세상에 뭐니 뭐니 해도 시정마만큼 불행하고 스트레스 많이 받는 수컷은 없을 겁니다. 암말의 뒷발질에 턱이 깨져도 짝짓기 한번 해보려는 심산으로 온갖 정성을 다하여 공을 들이지만 결국에는 얻어맞고 쫓겨나는 신세가 되고 맙니다. 따라서 시정마는 극도의 스트레스가 쌓여 대부분 일찍 죽고 맙니다. 간혹 암말을 잘 꼬드기고 흥분을 잘 시키는 노련한 시정마는 혈통을 따지지 않는 말과 사랑을 나누는 행운의 순간을 맛보기도 합니다.

몽골은 종마는 있지만 시정마가 있다는 말은 듣지 못했습니다. 몽골의 종마는 암말 12마리 정도를 거느리고 삽니다. 수컷은 건강한 종마 한 마리만 남겨두고 모두 거세하여 내시를 만들어 버립니다. 수컷의 질투가 여간 아니어서 어린 수컷도 암말 근처에 얼씬거리지 못하게 합니다. 종마가 되면 양과 염소를 공격하는 늑대도 물리쳐야 하는 막중한 책임이 있습니다. 말은 태어나면 곧 다른 무리에게 보내집니다. 새끼가 자라서 어른 말이 되어도 종마는 자기 딸과 교미하지 않으며, 엄마 말도 자기가 낳은 수컷이 종마가 된다 해도 짝짓기를 하지 않습니다. 직계하고는 근친상간을 하지 않습니다. 딸을 상습적으로 겁탈하는 인간보다 훌륭하지 않습니까? 지구상에 수컷들은 종마인 나를 부러워하지만, 일부는 그렇지 않은 것 같습니다. 일반 말들은 보통 30년을 사는데 나는 17년 정도 밖에 못삽니다. 과한 섹스 때문인 것 같습니다. 조선의 왕도 단명한 왕이 많았다지요. 종마처럼 주색으로 지새웠기 때문일 겁니다.

군대 이야기

예전이나 지금이나 입영하는 날 훈련소 앞 풍경은 크게 변하지 않은 것 같다.

아들을 보내며 눈시울을 적시는 어머니가 보이고, 연인 간의 석별과 우정 간의 이별이 아쉬워 발길을 돌리지 못하고 안타까워하는 모습을 쉽게 볼 수 있다. 드물지만 조혼早婚 한 부부의 애틋한 석별도 내 일인 냥 가슴 아파한다. 배웅하는 사람 없이 혼자 온 사람은 어쩐지 쓸쓸해 보여 나는 누이를 꼬드겨 누이 친구들을 동원하기로 했다. 어머니가 알면 허파에 바람 든 놈이라며 가차 없이 지청구가 있을 것이므로 누이를 불러내어 내 능력으론 버거운 자장면과 탕수육을 뇌물로 바쳐 입씻이를 했다. 입영하는 날, 누이 친구가 많아야 두서너 명이 나올 것으로 예상했는데 얼른 보아도 여덟 명은 됨직했다. 열아홉 살 누이 친구들이 나를 에워싸는 바람에 나는 졸지에

스타가 되었고, 요즈음 인기 가수나 배우처럼 모자를 깊게 눌러쓰고 무게를 잡았다.

꽃같이 아름다운 처녀들을 유심히 살펴봐도 낯익은 얼굴은 서넛밖에 없었다. 나중에 안 일이지만 누이도 반 이상은 친구의 친구라 처음 보는 이가 많다고 했다. 탕수육에 눈이 먼 누이가 총동원령을 내린 것이다. 누이와 헤어지려는 순간 왁자지껄하여 바라보니 한 녀석이 대여섯 명에게 목말 태워져 정문 쪽으로 오고 있었다. 목말을 탄 녀석은 배코 친 스님처럼 머리를 박박 깎았는데 뒤통수가 어지간히 찌그러지고 여러 곳에 흉터가 듬성듬성 보였다. 녀석은 엊저녁에 마신 술이 덜 깬 건지 아니면 낮술을 마셨는지 얼굴이 불콰하다. 얼큰한 취기에 호기를 부리며 자신을 삼천포 통닭이라 소개하며 나와 누이 친구들을 힐끔거렸다.

만추의 코스모스가 몸을 흔들어 인사하고, 흔드는 누이 손에 가을이 깊어 간다. 통닭은 훈련소 정문을 들어서자마자 겁이 없다며 선임병에게 얼마나 치도곤을 당했는지 비 맞은 수탉처럼 처량하게 앉아 있었다. 군번을 받고 중대와 소대가 정해졌다.

통닭은 내 옆자리에 배정되었는데 사흘도 못 가 삼천포에서 자기를 모르면 간첩이라며 허풍을 떨고 있었다. 녀석의 머리에 군데군데 있는 흉터를 보면 부모님 속을 썩인 왈짜 자식인 것 같은데, 쉼 없이 주둥이를 나불대는 것을 보니 아직 설맞아서 겁이 없는 것 같았다.

통닭은 나에게 까닭 없이 막걸리를 사주며 알랑방귀를 뀌더니 어느 날 음흉한 속내를 드러냈다. 입대하는 날 노란 원피스에 단발머리 한 처녀가 누구냐며 꼬치꼬치 묻기에 나중에 소개시켜주겠노라 하고 코를 꿰놓았다. 훈련소를 졸업하는 날 우리는 어디로 팔려 갈 것인가에 대해 궁금해하며 마음 졸이고 있었다. 1차 목표는 추풍령을 넘지 않은 후방에서 근무하길 바랐고, 2차는 한강을 넘어가질 않길 간절하게 원하고 있었다. 인사 장교가 호명하기 시작했다. 나와 통닭을 포함한 8명이 한 묶음으로 호명되었다.

적은 숫자이기에 우리는 부산이나 대구쯤에 떨어질 것이라며 김칫국을 마시고 있었다. 우리가 김칫국을 마신 데는 통닭의 뻥튀기가 한몫했다. 통닭의 가까운 친척이 투 스타인데 육군본부에 있으니 자기는 후방 어디 편한 곳으로 갈 것이라며 큰소리치고 다니기에 우리도 통닭의 덕을 톡톡히 보는 것 같아 통닭을 만난 것이 큰 행운이라 여겼다.

녀석이 속임수에 능하여 사위스럽긴 했지만 아무도 받지 않는 두꺼운 외투와 방한모를 받고서야 우리는 특별 대우를 받는 것 같아 통닭에게 고마워하고 아부성 발언도 서슴지 않았다.

당시 101 보충대로 떨어지면 쇠똥에 미끄러져 개똥에 코방아 찧는 놈이라 했고, 103 보충대로 가면 국 쏟고 뚝배기 깨고 불알 덴 놈이라 했다. 101 보충대는 의정부시에 있었고, 103 보충대는 춘천에 있었는데 둘 다 전방이었다. 우리 일행 8명은 두툼한 더블 백을 둘러메고 인솔자 부사관과 함께 창원역에서 기차를 탔다. 부사관에게 어디로 팔려 가느냐고 서너 번도 더 물어보았지만, 소죽은 귀신처럼 눈만 크게 뜬 채 끝내 대답하지 않았다. 궁금해서 안달이 날 지경인데 통닭은 자리에 앉자마자 입을 벌린 채 잠이 들었다. 기차가 대구역을 출발하자 우리는 경상도는 아니고 대전쯤일 것이라며 애써 자위하고 있었지만, 점점 불안해지기 시작했다. 기차가 대전도 지나고 수원역을 통과할 때 우리는 소가 도살장에 끌려갈 때 심정이 이럴 것이라 짐작했지만, 그래도 서울이나 의정부 근처라도 좋겠다며 꿈을 포기하지 않았다. 용산역에서 하도 오래 정차하고 있기에 잠시 졸고 눈을 뜨니 희붐하게 여명이 밝아 왔다. 성에 낀 유리창을 문지르고 밖을 본 누군가가 강촌역이라고 소리 질렀다. 그렇다면 볼 것도 없이 그렇게도 염려하던 호랑이 굴에 떨어지는 것이다.

통닭이 허파에 바람을 잔뜩 넣은 터라 억장이 무너졌다. 이후 통닭이 입을 열면 누가 먼저랄 것도 없이 종주먹을 들이대며 "이 새끼야 주둥이 닥쳐라. 쥐어박기 전에……"

통닭 덕분에 행운을 얻고 땡잡았다는 생각은 순식간에 돌변하여 모진 놈 옆에 있다가 벼락을 맞은 기분이었다. 우리는 홍천에 있는 수송 교육대에 66년 45기생으로 입교했다. 통닭과 나는 여기서도 같은 소대에 배속되어 찰거머리처럼 붙어 다녔다. 당시는 한글을 깨치지 못해 편지를 대필하거나 대독해야 할 사람이 여럿 있었기에 엑셀레이터, 클럿지, 브레이크 같은 용어는 생경하기 이를 데 없었고, 자동차 원리에 대해서는 소경과 조금도 다를 바 없었다. 나도 예외가 아니었다. 교육이 시작되었고 학생장엔 허풍쟁이 통닭이 뽑혀 통닭의 능력을 인정하지 않을 수 없었다. 실기는 조금 알겠는데 자동차 구조 학의 메커니즘을 배울 때는 황소 엉덩이로 풀 뜯는 소리처럼 도대체 알아들을 수가 없었다. 교관이 엔진 구조에 대해 열심히 강의하는데 통닭이 고개를 뒤로 젖히고 입을 크게 벌린 채 졸고 있었다. 통닭은 잘 때나 졸 때는 입을 벌리는 버릇이 있었다.

"이것은 써머스타트 라고 한다. 엔진 온도가 50도가 되면 서서히 열리기 시작하여 70도가 되면 완전히 열린다. 민간인들은 외우기 쉽도록 흔히 사모님 스커트라고도 한다." 교관이 강의를 중단하고 졸고 있는 통닭을 일으켜 세웠다.

"사모님 스커트는 언제 열린다고 했나?"

잠이 덜 깬 통닭이 토끼 눈을 한 채 거침없이 대답했다. "초저녁에도 열리지만 주로 야심한 밤에 열립니다." 통닭의 재치와 표정이 너무 웃겨 강의실은 폭소가 터졌다. 교관은 곡해가 있었는지 통닭을 불러내어 보리타작을 하였다. 통닭은 오나가나 걸핏하면 얻어맞았는데 맷집도 좋았다. 내무반에 들어오면 점호 전후에 내무반장이 기어 변속 교육을 하는데, 내무반장 명령에 따라 일사불란하게 움직였다.

"동작 그만, 모두 바지를 무릎까지 내린 다음 침상에 누워라." 바지를 무릎까지 내리지 않고도 충분히 할 수 있는데 내무반장의 속내를 알 길이 없었다. "모두 거시기를 잡아라. 처녀 손목을 잡거나 가슴을 만지듯 살며시 움켜쥐어라. 치약을 짜듯 해야 한다. 거시기 잡은 손을 앞 쪽으로 밀어라. 이것이 1단이다. 가슴 쪽으로 잡아당기면 2단이다. 중립에서 우측으로 꺾어 앞으로 밀면 3단이다." 내무반장이 1단부터 4단까지 넣고 빼는 동작을 반복하는데 점점 빠르게 훈련한다. 혈기왕성한 젊은인데 거시기를 잡고 흔들면 어떻게 되겠는가. 십 여분도 지나지 않아 내무반은 군대 용어로 개판이 되었다. 지금 생각하면 내무반장의 기어 변속 교육 방법이 기발한 것도 같고, 달리 생각하면 변태 끼가 있는 사람 같기도 하다. 반세기 가까운 세월이 흘렀지만 나는 지금도 소변을 볼 때면 가끔 내무반장의 구령 소리와 누워서 교육받던 동기들의 모습이 어제인 냥 선명하게 떠올라 배시시 웃음이 나온다.

방귀 때문에

방귀가 생리적인 현상이라 할지라도 때와 장소에 따라 매우 난처하고 고약할 때가 있다. 방귀는 분해되지 않은 음식물이 장 내에서 발효 또는 부패하여 생성된 가스다. 가스 속에는 질소와 수소, 메탄가스, 암모니아, 휘발성 아민 등 기타 가스로 형성되어 있다고 한다. 성인은 하루에 약 15회, 500cc 정도 방귀를 뀐다. 콩, 양배추, 오이, 양파, 배, 사과, 탄산음료가 방귀를 많이 유발하며 정신적으로 긴장되어도 방귀가 자주 나온다. 달걀과 육류를 섭취하고 뀌는 방귀는 냄새가 지독하다고 한다.

내 고모님은 첫날밤에 방귀를 뀌고 이튿날 시할아버지 방에 밥상 들고 들어갔다가 또 방귀를 뀌어 한동안 얼굴을 들지 못하고 살았다고 한다. 어릴 적에 어머니와 고모님이 방귀 이야기를 하며 배꼽을 잡고 웃는 모습을 보았다. 아마도 고모님이 보통 사람보다 방귀를 많이 뀐 것 같다. 산파이신 동네 할머니와 시어머니가 조금만 더 힘을 주라며 재촉하는데, 힘을 쓸수록 아이는 안 나오고 연방 방귀만 나오더라는 것이다. 소리가 우렁차서 마당에서도 다 들렸을 것이라고 했다. 그렇잖아도 방귀라면 노이로제에 시달린 터라 자다가도 벌떡 일어날 지경이라며 얼굴을 붉혔다.

앞산을 넘어온 봄바람이 흐드러지게 핀 철쭉꽃을 흔들어 놓고 동구 밖으로 사라졌다. 뻐꾸기가 나를 부르고 두견새가 심심하다며 투정하는 바람에 간편한 차림으로 등산길에 나섰다. 인적이 드문 곳에서 물 한 모금 마시고 숨 고르기를 하고 있는데, 과거 직장 생활 할 때 사장으로 모셨던 분을 만났다. 세월이 많이 흘렀지만, 조심스럽고 반가웠다. 일흔 살을 훌쩍 넘긴 분이 어쩌자고 혼자 산행에 나섰는지 모르지만, 혼자 온 걸 알면서 그냥 지나치기가 송구하여 말벗이라도 되어 드릴 겸 수행隨行하기로 마음을 먹었다.

한 발짝 뒤에 따라가며 지난날의 추억과 현재의 가족관계 등을 이야기하며 산을 올랐다. 얼마간 오르다 보니 길이 험하고 가팔랐다. 아무래도 젊은 내가 앞서서 손을 잡고 당겨주기도 해야 될 것 같았다. 아침을 거르고 나온 터라 산 입구에서 김밥 한 줄과 삶은 달걀 두 개를 먹은 것이 탈이 난 모양이다. 사장님이 바투 붙어 오르는데 염치없는 방귀가 밀고 나오려고 안달이다. 계속 움직이면 미주알까지 밀고 나온 방귀를 달랠 길이 없을 것 같아 걸음을 멈추고 가만히 서 있었다. 비상 상태에 있는 내 사정을 알 길이 없는 사장님은 나를 의아한 눈으로 바라본다. 리듬을 깨지 말고 계속 오르라는 눈치다. 가위다리로 몸을 비틀며 괄약근을 조여 보지만 발사 직전이었다.

"그만 가세." 라고 했지만 내가 움직일 수가 없었다. 앞장서서 가시라고 한 발 옆으로 옮기는 순간 참았던 방귀가 터지고 말았다. 예상보다 훨씬 컸다. 내 능력으론 멈추게 하거나 소리를 조절할 방법이 없었다. 그리고 연속으로 밀고 나오는 가스를 제어할 구조대가 없었고 지혜도 없었다. 사장님이 나를 두고 대여섯 발짝을 더 갔을 때까지 방귀는 멈추지 않았다. 성문을 열고 밀물처럼 들이닥치는 적군을 통제할 재간이 없었다. 사장님의 딴청이 나를 더욱 무안하게 했다.

내 옆으로 지날 때부터 제법 크게 연속으로 뀐 방귀 소리를 청각장애인이 아니면 들었을 터인데, 전혀 듣지 못한 사람처럼 흐르지도 않는 땀을 닦는 척 하며 능청을 떨고 있었다. 진드기가 아니라면, 개도 뀌고 소도 뀌며 남녀노소 가리지 않고 뀔 수밖에 없는 생리 현상인데 무슨 흠이랴 싶어 자위 해보지만, 달리 생각하면 어른 앞에서 한두 번도 아니고 연달아서 뀌어 재꼈는데 어찌 조심성 없고 불경스럽다 하지 않겠는가. 생각할수록 얼굴에 가마솥을 올려놓은 것 같다.

다시 산행이 시작되었다. 그런데 오늘 일진이 개똥에 코방아 찧는 날인가 보다. 곤욕을 치룬지 얼마나 되었다고, 열댓 발자국을 겨우 걸었는데 또 밀고 나오려고 앙앙거린다. 이번에는 기필코 막아야 한다. 무슨 염치란 말인가. 그러나 조금 전과 같이 뾰족한 대책이 없지 않은가. 그냥 인사만 하고 휑하니 지나쳤어야 옳았는데 과유불급의 친절이 이 지경에 이르게 했다. 이번에는 다행히 들릴 듯 말 듯 방귀가 나왔지만 그래도 오금이 저려 걸음걸이가 뒤뚱거린다.

30여 분을 오르는 동안 대여섯 번이나 오발 사고를 일으킬 뻔했지만, 용케도 수습이 잘되었다. 수습이 잘되었다는 것은 내 생각일 뿐이지 사실은 두어 번은 충분히 들을 만큼 소리가 컸었다. 언제 또 예고 없이 튀어나올지 모른다. 아랫배가 계속 꾸르륵 꾸르륵 수챗구멍 물 내려가는 소리로 요란하다. 한발 떼어놓는 것조차 불안하다. 김밥이 상했거나 달걀이 상했음이 틀림없다. 적당한 핑계를 대고 작별하고 싶은 마음 간절하다. 긴장되어 어떤 길을 통해 하산했는지 기억이 없다.

가능한 한 빨리 헤어지고 싶은데 황토 오리 구이가 일품이니 먹고 가자고 소매를 잡는다. 두 번이나 사양했지만, 옷소매를 끄는 데는 달리 방법이 없었다. 만약을 위해 화장실로 먼저 달려가서 앉았지만, 기별이 없다. 소낙비는 지나갔구나 싶어 마음이 놓인다.

흙덩어리를 들고 왔나 했는데 흙 속에서 오리가 나왔다. 소문대로 소스 맛이 독특하고 육질도 쫀득하고 담백하다. 술 한 잔이 겨우 오고 갔는데 내 몸이 왜 이렇게 변덕을 부리는지 기가 찰 노릇이다. 그 정도 까탈을 부렸으면 진정이 될 만한데 눈치라곤 새알꼽재기만큼도 없다. 우측 발을 뒤로 꼬부려 발뒤꿈치 위에 항문을 밀착시키고 체중을 얹었다. 이 정도면 완벽하다고 여겨지지만 그래도 마음이 놓이지 않아 이마엔 진땀이 솟고 고기 맛은 천 리나 도망가 버렸다. 결국, 밀고 나오긴 했지만, 새색시가 뀌는 높고 맑은 예쁜 소리였다. 내가 참느라 몸을 떠는 것을 사장님이 흘깃 보았다.

사장님은 산에서와 마찬가지로 전혀 듣지 못한 척했다. 어쩌면 저렇게 태연하고 생뚱맞은 표정으로 식사를 계속할까. 내가 미안해할까 봐 눈길마저 주지 않는 모습이 냉정해 보이기도 하고 우습기도 하여 하마터면 웃음을 터트릴 뻔하였다. 속이 좋지 않아 죄송하다고 이실직고하는 게 나을 뻔했다.

운전기사가 볼일이 있어 손수 운전하고 왔는데 전철역까지 태워주겠단다. 돌발 사태가 발생할지 몰라 사양하려다가 멀지 않은 거리이기에 차에 올랐다. 안전띠를 매려는데 또 사고를 치려 한다. 두 다리에 힘을 주고 버텼더니 다행히 소리 없는 도둑 방귀였다. 내가 방귀를 가끔 뀌는 편이지만 아직도 내 방귀 냄새가 지독하다고 생각한 적은 없었다. 그래서 마음이 놓였는데 살금살금 악취가 풍긴다. 돼지 불알 굽는 냄새 같기도 하고 계분 썩는 냄새 같기도 하다. 세상에 여러 가지 악취가 있겠지만, 이렇게 머리가 아프고 구역질이 날만큼 지독한 냄새는 처음 맡아본다. 전철역에 내리자마자 인사를 받는 둥 마는 둥 자동차는 급히 출발하고, 차가 움직이자마자 창문 유리 두 개가 한꺼번에 내려가고 있었다.

뻐더

야, 뻐더! 친구가 다급하게 소리쳤다.

멀쩡한 나더러 기절을 하라니 이 무슨 낮도깨비 생밤 까먹는 소리인가 하였다.

오래 전, 친구가 운전을 배워 중고차를 장만했는데, 운전이 서툴고 길눈도 어두워 운전과 지리에 밝은 나를 옆에 태우고 고향 선배 부친상에 문상 가는 중이었다.

비가 억수같이 쏟아지는 밤에 운전도 서툰 녀석이 왜 차를 가지고 가려 하느냐며 말렸지만, 녀석의 고집은 고래 심줄이고 쇠가죽이였다. 요즘은 자동 기어로 된 차가 대부분이라 출발할 때 꿀렁거림이 없지만 그때는 수동 기어로 된 차가 더 많아 운전이 서툴면 꿀렁꿀렁 덜컹덜컹 급정거하거나 시동을 꺼트리는 경우가 많았다. 쓸데없이 급정거를 해대는 바람에 다리를 쭉 펴고 뻗대다 보니 종아리에 쥐가 나고 사타구니에 가래톳이 섰다.

바가지로 물을 퍼붓듯 비가 오니 앞이 잘 보이지 않았다. 신호가 바뀌자 녀석이 또 급정거를 하였다. 앞으로 쏠린 몸이 수습되기도 전에 천둥 치는 소리와 함께 우리가 탄 차가 앞으로 튕겨져 나갔다. 초보운전이고 사고 경험도 없는 녀석이라 당황하여 어찌할 줄 몰라 허둥댈 줄 알았는데, 오히려 대소변 못 가리고 허둥댄 사람은 나였다.

쏟아지는 비를 맞고 녀석은 밖으로 나갔다. 목에 충격을 받았는지 침을 삼키니 식도가 따끔거렸다. 상황 판단을 위해 나가볼까 하다가 따질 것 없이 뒤차의 일방적인 잘못인데다 비가 쏟아지고 있어 그냥 앉아 있었다. 물에 빠진 생쥐 꼴을 한 녀석이 문을 연 채 얼굴만 디밀고는, “야! 빠더! 빨리 기절하란 말이야. 사고를 낸 놈이 만취하여 몸을 못 가눌 정돈데 고급 외제차를 탄 젊은 놈이야, 버르장머리를 고쳐야 해.” 라고 말했다. 음주운전이라서 버르장머리를 고쳐주겠다는 것은 속 보이는 수작이었다. 고급 외제차를 탄 사람이니 음주 사고를 핑계로 나를 혼절시키고 사바사바로 합의금을 많이 받아내려는 우렁잇속이었다. 그런데 주객이 뒤바뀐 느낌이다. 혼절하는 광대 연기는 친구 녀석이 해야 맞다. 만취 운전으로 서 있는 차를 추돌했으니 따지거나 우길 일도 없지만, 경험 많은 내가 끝갈망을 하는 것이 여러 가지로 득이 되고 착오가 없을 것이었다. 이 녀석이 배워야 하는 운전은 안 배우고 상대 약점 잡아 협박하는 것만 배웠나 보다. 안 하겠다고, 쓸데없는 짓 하지 말라고 말하려고 하는데 녀석은 문을 닫고 가버렸다. 기절하고 있어야 할 사람이 밖으로 나가 볼 수도 없으니 여간 답답한 게 아니었다.

그나저나 혼절한 사람의 연기는 어떻게 해야 하는지 걱정이다. 혼절한 사람의 표정은 영화나 티브이에서 본 기억이 있는데 매우 편안한 느낌이었다. 그러나 사지는 나긋나긋해야 하는지 아니면 뻣뻣해야 하는지 도무지 감이 잡히지 않았다. 부처님처럼 자비로운 표정으로 있으려고 했으나 나도 모르게 장구 깨진 무당 상을 하고 비스듬히 누운 것도 아니고 앉아있는 것도 아닌 묘한 자세로 있었다.

기절한 사람의 자세가 이럴 것이라며 나름대로 머리를 굴린 연기였다. 앰뷸런스 사이렌 소리가 가까이서 들린다. 빗물이 고였는지 철벅 철벅 발걸음 소리와 다급한 고함 소리가 들리니 심장이 터질 듯 쿵쾅거린다.

차 문이 휙 열리고 사내 몇 명이 웅성거리는데, 사내 둘이 내 다리 하나씩을 나눠 들고 밖으로 끌어내며 조심하라는 말을 반복하고 있었다. 어깨가 의자 끝에 걸릴 무렵 어떤 사내의 손이 내 겨드랑이 속으로 쑥 들어왔다. 긴장하여 몸이 뻣뻣하게 굳어있었지만 나는 유별나게 간지럼을 많이 타는 체질이라 간지럼을 참느라고 오줌을 지릴 지경이었다. 보통 때 예고 없이 겨드랑이 속으로 남의 손이 들어왔다면 아마도 나는 발광을 하고 오두방정을 떨었을 것이다. 얼굴이 자동차 밖으로 나올 때 또 한 번 놀랐다.

굵은 빗방울이 얼굴에 떨어졌는데 바가지로 들이붓는 것 같았고, 눈두덩 위에 알밤 같은 빗방울이 떨어지니 눈이 빠르게 깜박거려졌다. 왜 그리도 빠르게 깜박거려지는지 누가 내 눈을 유심히 보았다면 단번에 들통이 났을 것이다. 앰뷸런스로 옮겨질 때 머리가 뒤로 젖혀졌다. 들창코가 아닌데도 콧구멍으로 빗물이 들어가 사레든 재채기가 연방 나오려는 걸 억지로 참으며 고인 빗물을 남몰래 삼켰다. 만약 연거푸 재채기했다면 연극은 그 자리에서 막이 내렸을 것이다.

가슴에 담요가 덮어지고 체온과 혈압을 재는가 하면, 눈꺼풀을 뒤집고 손전등을 비추니 가만히 있고 싶어도 눈동자가 자꾸만 희뜩거려졌다. 대형 병원 응급실 구석진 곳에 팽개치듯 방치됐다. 앰뷸런스에서 체크한 혈압 체온 눈동자 모두 정상이라고 응급실 담당자에게 말한 모양이다. 그래도 수액 병이 걸리고 팔에 주삿바늘이 꽂혔지만 사지가 멀쩡한 나는 뒷전이었다. 머리가 터지고 팔다리가 부러져 비명을 지르거나, 이름을 부르고 눈꺼풀을 뒤집어도 눈동자가 움직이지 않거나, 젖꼭지를 비틀어도 요동이 없는 사람에게 먼저 의사가 배치되는 것 같았다. 간이침대에 누워 한쪽 구석에 방치되어 있자니 오줌이 마려워 죽을 지경이었다. 기절한 사람이니 화장실에 갈 수는 없고 옷에 싸는 방법밖에 없었다. 녀석을 불러 여기서 끝내자고 사정했다. 녀석이 잠시만 기다리라 해놓고 어디론가 사라졌다. 잠시 후 손잡이가 달린 하얀 PVC 재질의 병을 들고 왔다. 남자 환자용 소변기였다. 녀석이 불문곡직하고 지퍼를 내려 사타구니에 소변기를 갖다 대곤 웅덩이서 메기를 잡아내듯 거칠게 끄집어내 구겨진 채로 소변기에 집어넣었다. 어디서 가져왔는지, 혹시 에이즈 환자가 사용하던 것은 아닌지, 씻기나 했는지 따져 묻고 싶었지만 그럴 여유가 없이 급했다. 녀석이 허리를 굽혀 가림 막을 대신했지만, 주위가 어수선하니 오줌이 잘 나오지 않았다.

응급실 간이침대에서 얼마나 누워있었는지 살포시 잠이 드려는 순간 녀석이 나타났다.

내가 입을 비틀며 노려보았다.

"뭣 하는 짓거리냐?"

"조금만 참아, 그놈 아버지가 오고 있으니 곧 해결될 거야."

"녹두밭 윗머리처럼 팍팍하게 굴지 말고 적당한 선에서 해결해라."

얼마 후, 주위가 웅성거리기에 실눈을 뜨고 바라보니 초록색 수술 가운을 입은 의사와 열 명도 넘을 사람들이 떼거리로 나에게 몰려오고 있었다. 사고 친 녀석이 고급 외제차를 탄다더니 방귀깨나 뀌는 집안의 자식인 모양이었다. 내가 자해공갈단의 조직원이 된듯 하여 괜히 가슴이 뛰었다. 나이 지긋한 의사는 또 눈꺼풀을 뒤집고 앰뷸런스에서 보다 훨씬 밝은 소형 손전등을 초점에 비추었다. 눈동자가 움직이지 않도록 용을 썼지만 희뜩거려지는 눈동자를 제어할 방법이 없었다. 의사들은 걸핏하면 눈꺼풀을 까고 뭔가를 확인

했다. 한 번도 맡아보지 못한 그윽한 향수 냄새를 풍기는 나이 지긋한 노신사는 다소 걱정스러운 듯 의사에게 묻는 것 같기도 하고, 한편으론 내가 꾀병을 부리고 있다는 것을 알고 묻는 것 같기도 했다.

"어떻습니까?"

의사가 내 눈동자를 까보고 묘한 웃음을 짓는 것을 언뜻 보았기에 매우 불안하였다.

의사는 팔다리를 폈다 젖혔다가를 반복하고 난 후,

"안정을 취하고 나면 큰 후유증은 없을 것 같습니다." 했다

십 년 감수했다. 멀쩡한 사람이 혼절한 척하는 거 정말 어렵다. 천금을 줘도 못 할 일이다.

녀석이 나를 광대를 시켜놓고 공연 수입을 얼마나 올렸는지 입을 다물고 있다. 녀석이 조삼모사에 능하고, 상대가 경제적으로 여유가 있는 사람이라 가욋돈을 받았나 보다. 녀석이 사흘이 멀다 하고 나를 불러 통닭과 닭똥집 안주로 생맥주를 안겼다. 광대 노릇에 대한 출연료인 셈이었다. 통닭집 주인은 우아한 중년의 여인이었는데 은근히 마음에 두고 있는 것 같았다. 혼자 가기 멋쩍으니 나를 들러리로 세운 것이다.

옷에 닭튀김 냄새가 찌들고 코에도 닭똥집 냄새가 배도록 드나들었지만, 여인이 눈길 한번 주지 않자 온다간다 말 한마디 없이 핫바지 방귀 새듯 사라져버렸다.

*빼 더(빼드리지다– 경상도 방언)

수컷

지구 위의 수컷들 삶은 늘 긴장하고 경쟁하며 처절하게 살아간다. 목숨을 걸고 싸워서 이겨야 암컷을 차지할 수 있고, 차지했더라도 철저하게 지켜야 자신의 유전자를 후세에 남길 수 있다. 많은 수컷이 비슷하지만, 싸워서 이긴 사자가 우두머리 노릇을 할 수 있는 기간은 2년 정도밖에 안 된다고 한다. 힘센 젊은 수컷들이 계속 도전해 오기 때문이다. 무리에서 우두머리가 되면 암컷이 키우는 새끼들은 모조리 물어 죽인다. 다른 수컷의 유전자를 퍼뜨리는 게 싫기도 하지만, 새끼가 있는 한 암컷이 짝짓기를 거부하기 때문이다. 일정한 기간 내에 자신의 유전자를 많이 퍼뜨려야 하는데, 젖을 먹이는 한 짝짓기를 해도 임신이 안 되는 까닭이다. 새끼를 죽이면 암컷은 극렬하게 반항하지만 바로 잊고 짝짓기에 응한다고 하니 인간의 처지에서 보면 이해하기 어렵다. 수컷은 먹을 것을 구해서 암컷의 환심도 사야 하므로 늘 고달프고 위험도 따른다. 그러나 싸움에서 패한 수컷들이라고 해서 평생 수절하며 살진 않는다.

얌체 수컷

귀뚜라미뿐 아니라 짝짓기 철이 되면 대부분 수컷이 운다. 날개를 마찰시켜 소리를 내어 암컷을 부르는 것이다. 초저녁부터 새벽까지 날개가 망가질 정도로 힘들여서 우는 녀석이 있는가 하면, 편안하게 놀면서 애타게 부르는 수컷 부근에 숨어 있다가 암컷이 찾아오면 슬그머니 길목에 나가 지금껏 자기가 소리 지른 것처럼 속여 짝짓기를 가로챈다. 짝짓기가 끝나면 암컷 몸에 넣은 정자를 다른 수컷이 해코지하지 못하도록 경호원처럼 암컷을 따라다니며 보호하는데, 천적인 새나 쥐를 만나면 암컷이 몸을 피할 때까지 기다렸다가 대신 희생당하는 것이 수컷의 운명이다. 이런 미물도 후손번식을 위해 살신성인하는데, 사람은 어떤지 생각해 볼 일이다.

돌고래는 이동할 때 암컷 주위에 수컷 서너 마리가 호위하며 짝짓기를 한다. 짝짓기를 끝낸 수컷이 다른 무리로 옮겨 또 짝짓기만 끝나면 도망가는 얌체가 있다. 그러다가 발각되면 다리가 부러지도록 얻어맞고 왕따를 당해 멀리 쫓겨난다고 한다.

물고기도 힘이 약한 수컷은 힘이 센 수컷과 암컷의 주위를 맴돌다가 암컷이 산란하면 잽싸게 달려가 알 위에 정자를 뿌리고 도망친다고 하니 세상엔 힘만 가지곤 안 되나 보다.

선택되는 수컷

물잠자리는 여러 마리의 수컷과 짝짓기를 해본 후 가장 힘이 좋은 수컷과 정식으로 짝짓기 하는데, 암컷 몸에 남아있는 다른 수컷의 정자를 모두 제거하고 사정을 한다니 종자가 좋은 후손을 남기는 일이 쉬운 건 아닌가 보다.

즐기는 수컷

유인원과에 속하는 동물은 DNA가 사람과 98퍼센트 같다고 한다.

사람이나 고릴라, 침팬지, 보노보, 돌고래는 발정기가 아니어도 짝짓기를 한다. 종족 번식을 위해서도 하지만, 쾌락을 위해서 동성과도 섹스를 즐긴다. 횟수는 사람이 자주 하는 편이고, 생식기도 덩치 큰 고릴라가 3.2센티미터, 침팬지가 7.6센티미터, 사람이 평균 12센티미터라고 하니 사람은 크기도 하지만 짝짓기도 많이 하니 신이 내린 축복이리라. 생식기가 큰 것으로 따진다면 단연코 고래가(3m) 으뜸일 테고, 그다음이 코끼리(1.5m), 말(1m) 순서가 아닌가 싶다.

같은 종류의 보노보는(피그미 침팬지) 짝짓기의 으뜸이다. 때와 장소를 가리지 않고 짝짓기를 하는데, 맛있는 음식을 발견하면 먹기 전에 짝짓기부터 하고, 무리가 이동하다 다른 무리를 만나면 고릴라와 침팬지는 싸우지만, 보노보는 싸우지 않고 모르는 무리와도 허물없이 섹스 파티를 즐긴다. 무릇 싸움은 암컷을 차지하기 위함인데 보노보가 어찌 현명하지 아니한가. 보노보는 일생에 5.500회 정도 짝짓기를 한다니 삶 대부분을 짝짓기로 세월을 보내는 것 같다.

권태 느끼는 수컷

닭은 수탉 한 마리가 암탉 열 마리를 거느릴 만큼 정력이 좋다. 수탉 한 마리와 암탉 한 마리를 닭장에 넣고 관찰해 보니 처음에는 짝짓기를 열심히 하는데 시간이 흐를수록 짝짓기 횟수가 줄어들다가 끝내는 암컷을 본체만체했다고 한다. 암탉 깃털에 물감을 칠해 분장을 시켰더니 정상적인 짝짓기를 했다. 짝짓기가 시들해지면 다른 색을 칠하거나 향수를 뿌리는 등 변장을 해주면 처음 보는 암탉인 냥 열심히 사랑을 나눈다고 한다.

황소도 닭과 별반 다르지 않은 것 같다. 부부가 황소 한 마리를 사기 위해 우시장에 나갔다. 소 주인이 말하길, "이 녀석은 힘이 좋아 매일 짝짓기를 합니다."라고 말했다.

부인이 소 주인에게 "지금 한 말 우리 남편이 알아듣도록 말해주세요."라고 하니까, 남편이 즉시 소 주인에게 물었다. "이 소가 매일 같은 소와 짝짓기를 합니까?" 주인이 대답했다. "아닙니다. 매일 다른 암소와 짝짓기를 합니다." 라고 대답하니 남편이 소 주인에게 "우리 마누라가 알아듣도록 말해주세요." 라고 했다는 우스갯소리가 있다. 아무튼 여자가 화장하고 남자가 멋있게 보이려고 하는 이유를 어렴풋이 알겠다.

슬픈 수컷

수컷은 짝짓기와 후손을 위해 목숨을 바친다.

물총새는 물고기를 잡아와서 구애한다. 암컷이 훑어본 후 가장 크고 맛있는 고기를 잡아온 수컷과 짝짓기를 하는데, 때로는 엉터리 선물을 가지고 와서 사기 치는 수컷도 있다고 한다. 사기꾼은 인간에게만 있는 줄 알았는데 생명이 있는 곳에는 빠짐이 없나보다. 베짱이와 귀뚜라미는 살이 많은 날개를 암컷이 뜯어먹도록 하고 사랑을 하는가 하면, 파나마 열대우림에서 서식하는 민벌레는 짝짓기를 위해 암컷에게 머리를 내밀면 수컷 머릿속에 든 영양분을 빨아먹으며 짝짓기를 허락한다고 한다. 우리나라에도 흔히 볼 수 있는 사마귀나 거미는 짝짓기하면서 암컷에게 대부분 잡아먹힌다. 그러나 수컷이 몸집이 더 크면 짝짓기가 끝나자마자 도망쳐 버린다. 영리한 거미는 먹잇감을 갖다 바친다. 암컷이 음식을 먹는 동안 거미줄로 암컷을 묶어 놓고 짝짓기를 하는데, 암컷이 줄을 끊는 동안 재빠르게 도망간다. 수컷을 잡아먹고 낳은 새끼가 그렇지 못한 새끼보다 알이 크고 건강하며 오래 산다고 하니 수컷이 후손을 위해 살신공양한 것이리라.

김승희 시인의 글에도 이런 내용이 있다.

암컷이 체력을 비축하고 있다가 새끼를 낳기 위해, 수컷을 잡아

먹고 있다

아직 볼 것이 남은 눈알을 먹고 아직 갈 곳이 남은 날개를 먹고 아직도 꿈과 이상이 펌프질하는 심장을 먹어 치운다

연어는 짝짓기를 위해 목숨 걸고 수만 리를 암컷을 따라 오지만, 꿈을 이루는 수컷은 극히 드물고 꿈을 이룬다 해도 짝짓기가 끝나면 바로 생을 마감한다니 참으로 슬픈 수컷이다.

부성애 하면 가시고기가 연상되지만, 바다에도 목숨을 바쳐 후손을 보호하는 수컷이 있다. 심통 맞게 생겨서 심통이라 불리기도 하는 뚝지라는 생선이다. 암컷이 알을 낳고 떠나버리면 부화가 될 때까지 40여 일을 아무것도 먹지 않고 알량한 지느러미를 흔들어 알에 산소를 불어넣는다. 알이 부화가 되면 기력이 다한 수컷은 너덜너덜 몸이 해진 채 죽는다.

교미를 마친 해마나 해룡 같은 물고기는 수컷 배주머니에 알을 넣고 키우는가 하면, 아시아 아로와나라는 입안에 알과 새끼를 넣고 키우다 보니 당연히 아무것도 먹지 못한다.

이렇듯 세상에 수컷들은 암컷을 위해 대신 죽거나, 먹잇감이 되어 주거나, 후손을 위해 기꺼이 목숨을 바친다.

사람은 어떤가

수컷은 암컷을 품기 위해 감언이설과 허풍으로 위장하고, 암컷은 수컷의 건강 상태와 먹을거리를 풍족하게 구해올 것인지를 살핀 후

에 짝짓기를 허락한다. 인간이나 동물 세계나 약육강식은 어김없이 적용된다. 세계를 호령한 몽골 왕 칭기즈칸도 젊을 때 싸워서 패하는 바람에 적군에게 아내를 빼앗겼다. 훗날 힘을 길러 아내를 구해왔지만, 아내는 이미 적장의 아이를 임신한 상태였다. 모든 게 힘이 지배하고, 힘이 없어 생긴 일이라 아내를 나무라지 않았다.

수컷은 비가 오나 눈이 오나 날이 새면 직장에 나가 늦도록 일해야 한다. 쫓겨나지 않기 위해 강자에게 복종해야 한다. 사업하는 사람은 사업 번창을 위해, 암컷과 새끼에게 먹잇감 가져다주기 위해 하루도 편한 날 없이 경쟁 속에 살아야 한다. 불안과 초조, 스트레스를 벗어 날 수가 없다. 그래서 수컷은 수명도 짧다.

수컷도 따뜻한 봄날이 있었다. 칠거지악을 훈장처럼 내세워 암컷의 손발을 꽁꽁 묶고 귀와 눈을 가리고 입을 막았었다. 암컷을 여럿 거느려도, 새파란 암컷에게서 새끼를 낳아 와도 미안해 하기는커녕 오히려 고개를 빳빳하게 세우고 게트림을 하고 다녔었다. 돌절구도 밑 빠질 날 있고, 목석도 땀날 날 있다더니 언제부턴가 암컷들이 야금야금 힘을 길렀다.

암컷들이 당한 만큼 수컷들이 보복당하는 수난 시대에 접어들었다. 이름난 맛집이나 고풍스러운 찻집에 암컷은 우글거리지만, 수컷은 코빼기도 안 보인다. 월급 통장과 경제권을 뺏긴 수컷들은 집안 서열이 애완견보다 못한 꼴찌다. 어느 병원에 수컷 셋이 암컷에게 얻어맞아 입원했다. 암컷에게 폭행당한 사유를 알아보니 가관이다. 40대 수컷은 식사 시간 이후에 귀가해서 저녁상을 차려달라고 했다가 얻어맞아 입원했고, 50대 수컷은 암컷이 외출하는데 어디 가느냐고 물어보았다고, 60대 수컷은 외출 중인 암컷에게 전화해서 언제쯤 귀가할 것인지 물어보았다가 맞았다는 우스개가 있다.

젊은 시절 전쟁터에서 목숨 걸고 싸웠던 수컷이 정년퇴직하여 집으로 돌아왔다. 편안하게 쉬면서 취미 생활로 여생을 보내고 싶었으나 새로운 도전이 기다리고 있었다. 칼자루는 이미 암컷이 들고 수컷은 빈털터리 쭉정이가 되어 밥하고 세탁기 돌리는 것은 기본이고 설거지와 요리까지 배워야 암컷에게 쫓겨나지 않는다. 세상 바뀐 줄 모르고 눈치 없이 삼식이(세끼 밥 챙겨 먹는 수컷) 노릇하려다가 퇴출당하여 노숙자가 된 수컷이 부지기수다. 수컷이 힘 떨어지면 암컷에겐 거추장스러운 헌 신발에 불과하다. 수컷들은 사면초가四面楚歌에서 사면처가四面妻家가 되었다. 세상에 수컷들은 슬프다. 나는 슬픈 수컷이다.

아이스케이크

요즘은 곰보가 드물지만 내가 어릴 때는 흔히 볼 수 있었다.

친구 중에 꼼삼이라는 별명을 가진 녀석이 있었는데, 별명을 부르면 질색을 했다. 그래서 또래의 아이들이 별명을 부르는 것은 바로 드잡이를 하자는 것과 다름없으므로 녀석이 들리지 않게 귓속말로 했다. 서너 너덧 살 많은 형들은 대놓고 부르지만, 가끔 심사가 꼬여있을 때는 선배라 하더라도 멧돼지처럼 물불 안 가리고 달려들었다. 녀석이 그토록 꼼삼이라는 별명을 싫어하는 이유는, 할아버지와 아버지가 곰보인데 녀석도 곰보라 삼대가 곰보인 탓에 곰보 삼대를 줄여 꼼삼이란 별명이 붙었기 때문이었다. 녀석의 가족력은 조금 특이했다. 시내에서 아이스케이크 공장을 하는 외삼촌과 외사촌 여동생도 얼금뱅이다. 친가와 외가의 가까운 사람 여러 명이 얼금뱅이인 탓에 더욱 싫어하는 것 같았다.

중학생이 된 여름방학 때 꼼삼이 녀석이 나를 불렀다.

"우리 아이스케이크 한번 실컷 먹어 볼래?"

"무슨 소리야?"

"아이스케이크 장사를 하면 돼. 스물한 개만 팔면 아홉 개는 우리가 먹어도 되는 거야."

"그러다 못 팔면 어쩌려고?"

"다른 놈들 다 파는데 우리라고 못 팔 게 뭐가 있어?"

곰보가 간이 커서 엉뚱한 일을 자주 저지르는 것이 꺼림칙했지만, 꾀가 조조 뺨을 칠 녀석이라 위기 극복도 잘할 것으로 여겨져 녀석을 따라 곰보 외삼촌이 경영하는 아이스케이크 공장으로 갔다.

외삼촌은 아주 심한 곰보였다. 잔 자갈밭이나 콩밭에 엎어졌다 일어난 사람 같았다. 나는 녀석의 보증으로 신분 확인 없이 아이스케이크 서른 개가 든 나무통을 메고 밖으로 나왔다. 나무통 안에는 함석으로 만든 사각형의 작은 통 속에 아이스케이크가 들어 있었고, 함석통과 나무통 사이에 아이스케이크가 녹지 않도록 얼음이 가득 채워져 있었다. 함석 통 뚜껑을 열어보니 갓 나온 아이스케이크라 김이 모락모락 났다. 이 중에 아홉 개가 내 것이라 생각하니 벌써 군침이 돌기 시작했다.

녀석은 좌측 길로 동네를 돌고 나는 우측 길로 돌아 극장 앞에서 만나기로 하고 헤어졌다. 아이스케익! 하고 고함을 질러야 하는데 도저히 말이 나오지 않았다. 인적이 드문 골목길로 들어섰다. 사람이 없는 곳에서 소리를 조금씩 높여갔다. 그날따라 내리쬐는 햇볕이 스님 머리를 벗길 정도였다. 가득 넣은 얼음 탓에 통이 무거워 어깨가 한쪽으로 처졌다. 한적한 골목에 통을 깔고 앉았다. 마수걸이만 하면 나도 한 개 꺼내서 맛볼 참이었는데, 도저히 참을 수가 없어 한 개를 꺼냈다. 한입 깨물어 보니 이가 들어가지 않을 정도로 탱탱했다. 시원하고 향긋한 향이 침과 함께 먼저 목구멍을 넘어갔다. 한입 베어 우물거려보니 운 좋게도 통팥 두 개가 씹혔다. 삼수갑산을 가더라도 이렇게 행복할 수가 없었다.

초등학교 3학년 때만 해도 부잣집 아이들은 매일 먹다시피 하지만, 내 형편으로는 언감생심이었다. 부잣집 아이가 아이스케이크 하나 들고 나타나면 우리는 똥파리 떼처럼 그 아이 주변으로 몰려들었다. 아이가 마음이 내키면 우리 중 한 녀석을 골라 아이스케이크를 한번 빨아 먹도록 은혜를 베풀었기 때문이다. 우리는 한번 빨아먹을 기회를 잡기 위해 스스로 졸개가 되었고, 부잣집 아이는 왕초가 되었다. 졸개가 여럿이라 빨아먹는 기회를 잡는 것이 여간 어려운 게 아니었다. 왕초 눈 밖에 나면 열흘을 넘게 따라다녀도 기회를 잡지 못하는 경우가 허다하였다. 녀석이 한번 빨아먹으라고 한다 해서 눈치 없이 입술로 빨아먹었다간 정강이를 발로 차이거나 무릎으로 불알을 차이는 경우가 종종 있었다. 녀석이 누구에게 한번 빨아 라고 하면, 은혜를 입는 녀석은 혀를 길게 내밀고 있어야 한다. 그러면 아이스케이크를 번개보다 빠르게 혓바닥 위를 스쳐

간다. 말이 빠는 것이지 슬쩍 지나가는 것이다. 언젠가 내가 빨 기회를 가졌었다. 나도 모르게 입술을 오므려 빨고 말았다. 나는 다시 빨 기회를 박탈당했고, 콧잔등을 쥐어박혀 코피를 한 종지나 쏟았었다.

두 개를 더 먹어치우고 힘을 냈다. 소리도 크게 질러댈 수 있었고 사람이 많은 곳으로 나올 수 있었다. 까맣게 그을리고 땀에 젖어 극장 앞에 오니 곰보는 이미 나무 그늘에서 쉬고 있었다. 점심시간이 훌쩍 지나 있었지만 배고픈 것도 몰랐다. 나는 세 개를 먹어치우고 두 개를 팔았으니 스물다섯 개가 남았고, 곰보는 여섯 개를 팔고 두 개를 먹었으니 스물두 개가 남았었다. 함석 통 뚜껑을 열어보니 아이스케이크는 이미 흐물흐물해져 팔 수 없는 지경에 이르렀다. 내가 곰보를 원망하기 시작했고, 곰보는 고민하기 시작했다. 어찌했거나 아이스케이크가 죽이 되기 전에 처분해야 했다.

우리는 바닷가로 나가 지나가는 통통배를 바라보며 아이스케이크를 꺼내 먹기 시작했다. 시원한 바닷바람 영향도 있었지만, 열 개를 넘게 쉬지 않고 먹어댔더니 입안이 얼얼하고 뱃속까지 차가웠다. 먹을수록 향기롭고 맛이 있었지만, 개수가 줄어드는 만큼 걱정은 불어났다. 스무 개쯤 먹고 나니 입속 감각 기능이 얼었는지 달콤한 향기가 사라졌다.

서너 개가 남을 즈음, 아이스케이크는 팥죽이 되고 꼬챙이만 들려 나왔다. 두 손바닥으로 훑어서 깨끗하게 핥아 먹었다. 원 없이 먹긴 했으나 돈이 문제였다. 엄마의 비튼 입속으로 어금니가 보이고 하얗게 치켜뜬 눈이 생생하여 벌써 오금이 저려왔다. 망연자실한 나를 남겨두고 곰보가 사라졌다.

해거름이 되어서 곰보가 나타났다. 부둣가에 외국에서 원조로 들어온 보리가 산더미처럼 쌓여 있었다. 아이스케이크 통으로 보리를 열 번만 퍼 나르면 아이스케이크 값이 된다고 했다. 역시 꾀가 많은 녀석이었다. 아이스케이크 통을 메고 부둣가를 드나들어도 의심하는 사람이 없었다. 아이스케이크 통에 보리를 퍼 담는 것은 된장 사발에 풋고추 박는 것만큼 쉬웠다.

아홉 번째 통을 메고 일어서려는데 멱살을 움켜쥐었다. 세관 직원이었다. 얼마나 놀랐는지 말이 나오지 않고 발도 떨어지지 않았다. 두 손을 파리처럼 비비며 눈물을 보여도 소용없었다. 곰보와 나는 메뚜기처럼 꿰여 세관 사무실로 끌려갔다. 바른대로 불지 않으면 바로 경찰서로 넘긴다는 것이다. 정말로 처음이라고 댓 번도 더 말했지만 믿으려고 하지 않았다. 사무실 구석으로 끌려간 우리는 옷이 벗겨졌다. 도망갈지 모른다며 팬티까지 벗겼다. 경찰서로 넘긴다기에 반항 한번 못 해보고 순순히 벗었다. 볼펜으로 고추를 톡톡 치거나, 볼펜 끝으로 고추를 들어 올려 아래위로 흔들면서 말했다.

사타구니 털도 다 안 난 놈들이 도둑질부터 배웠어?”

우리는 그때 사춘기에 있었고, 털보가 사나흘 면도를 안 한 것처럼 사타구니가 거무튀튀했었다. 세관사무실에 낮에는 잔심부름 하고 밤에는 야간 고등학교에 다니는 동네 누나가 있었다. 살결이 희고 웃는 모습이 유난히 아름다워 눈을 감으면 누나의 모습이 자주 떠오르곤 했다. 차라리 시장 한복판에서 옷을 벗는 게 덜 창피할 것 같았다. 누나 앞에서 이런 모습을 보이는 게 정말 싫었다. 누나는 내 심정을 아는지 모르는지 옆으로 지나다니면서 힐끔힐끔 쳐다보곤 손으로 입을 가려 웃다가 때로는 아랫배를 움켜쥐고 웃기도 했다.

퇴근 시간이 되었나 보다. 여러 사람이 지나다가 곰보와 나의 모습을 보고 키득거렸다. 누나의 도움으로 풀려나긴 했지만, 잠을 자다 경기를 할 만큼 망신을 당했다. 생각하면 뜨거운 물을 뒤집어쓴 것처럼 얼굴이 화끈거린다. 지금은 할머니가 되었을 그 누나의 웃는 모습이 보고 싶다. 늙었다고 그리움마저 없겠는가.

2. 가시버시

어찌 잊을까

아들과 함께 먼 길을 떠난다.

나는 아들을 의지하고 아들은 나를 위해 목숨을 담보하는 험난하고 긴 여행이라 어쩌면 돌아올 수 없다는 방정맞은 생각에 발걸음이 무겁다. 아들은 침착하고 덤덤한 표정을 짓고 있지만, 나는 아들을 노예시장에 팔러 가는 비정하고 뻔뻔한 아비가 되어 버렸다. 자식을 제물로 삼아 무슨 부귀영화를 누리고 무릉도원을 꿈꾸려 하는지 나도 나를 이해하기 어렵다. 그저 참담한 심정으로 아들의 시선을 의식적으로 피하며 고개를 숙인 채 길을 걷는다.

간암으로 5년째 투병 생활을 하고 있다.

산새 소리가 가까이서 들리고 담장에 늘어진 넝쿨장미가 만개하였다. 그동안의 진료 일지와 이레 전에 찍은 시티 사진을 번갈아가며 한참을 들여다보던 담당 의사는 객쩍은 입맛을 다시며 나직하게 말했다. 더는 병원에서 해줄 게 없으니 병원에 올 필요가 없다는 것이다. 치료 종료 선언이었고 사형 선고였다. 마지막 수단으로 간 이식 수술을 고려해보라는 말과 완벽한 해결책은 아니라는 말도 덧붙였다. 저승 갈 준비를 하라는 것이다. 그 말을 들은 아내가 나 몰래 눈물을 찍어냈다. 애당초 마음을 비우고 각오를 단단히 하고 있었던 터라 매우 놀라지는 않았지만, 그 시기가 너무 빨리 온 듯하여 지금 이대로 죽기엔 허망하고 억울하다는 생각을 떨쳐버릴 수가 없다. 평소 아내가 갑년이 되는 해까지만 살도록 해달라며 마음속으로 빌고 또 빌었었다. 특별한 사연이 있어서가 아니고 회갑이라도 지난 후에 떠난다면 백년해로의 약속은 지키지 못했더라도 아내 혼자 두고 떠나는 내 마음이 덜 미안할 것 같았기 때문이다. 어차피 인생이란 일장춘몽이고 누구나 때가 되면 구름 되고 바람 되어 서산에 지는 해에 실려 가버릴 처지가 아니던가.

내년의 봄은 기대할 수 없으니 지금의 봄은 조금 더 오래 머물다 갔으면 좋겠다. 어느 시인은 봄을 붙잡으려면 먼저 꽃을 머무르게 해야 한다지만 바람이 그냥 두지 않는다. 그렇다고 바람을 탓할 수야 없지 않은가. 내 생명의 꽃송이를 언제 떨어뜨려 버릴지 하루해가 짧기도 하고 길기도 하다.

의사 선생님이 한 말을 아들에게 전하지 말라고 했는데, 아내가 아들에게 말했나 보다.

아들이 즉시 이식 수술 준비를 하자며 채근했지만 나는 일언지하에 거절하고 말았다. 살 만큼 살았고 눈에 넣어도 아프지 않을 자식인데, 우유같이 희고 부드러운 자식의 배를 가르고 생살을 잘라 내가 산들 행복해질 수 있겠는가. 그러나 사흘이 지나기 전에 내 언행이 위선이라는 걸 알았다. 내가 잘못해서 초래한 죽음이니 의연하게 맞이하자는 작심을 하였건만 조금 더 살고 싶다는 욕망이 꿈틀거렸기 때문이다.

아들이 권하는 대로 묵묵히 따를 일이지 괜히 객기를 부린 것 같아 후회스럽다. 죽음이란 균이 생살을 야금야금 갉아 먹는 듯하니, 더욱 살고 싶다는 늪에 빠져든다. 자식을 제물로 삼아서는 안 된다는 아비의 마음과 어떻게 하든 조금 더 살고 싶다는 본능이 하루에 골백번도 더 변덕을 부린다. 개똥밭에 굴러도 이승이 좋다는 말에 시나브로 포로가 되어 간다. 아내가 외출하고 텅 빈 집에 넋을 놓고 우두커니 앉았으면 뚜렷한 이유 없이 눈물이 난다. 애간장을 녹이는 산비둘기 울음소리만 들어도, 뜬구름 사이의 낮달을 보아도, 멀리서 개 짖는 소리만 들려도 눈물이 난다.

봄바람은 꽃을 거두어 멀리 떠나버리고 어느새 장마철이 되었는지 추적추적 비가 오는 날이 많아졌다. 이즈음 나는 지독한 우울증과 신경 쇠약으로 불면증에 시달린 탓에 몸은 피골이 상접하였고 정신은 혼란하여 가끔 헛것을 보고 넋을 놓곤 한다. 장마가 끝나고 무더위가 시작될 무렵 아들에게 연락이 왔다. 수술 절차가 차질 없이 진행되고 있으니 마음의 준비를 하라는 것이다. 그동안 아들은 의사의 지시대로 체중 7kg 이상을 줄였다. 행여 수술 시기를 놓칠세라 짧은 기간에 체중을 줄이기 위해 금연 금주는 물론 극기 훈련을 방불케 하는 모진 시간을 보냈을 것이다.

이번엔 사양하지 않고 대답도 하지 않았다.

내가 생각해도 엄청나게 뻔뻔해져 있다. 불감청고소원(不敢請 固所願_간절히 원하지만, 속마음을 드러내지 못함)이다. 조금 더 솔직히 말하면 사양은커녕 살고 싶다고 말하고 싶었지만, 염치가 없어 입을 다물었다.

아들의 얼굴이 핼쑥해 질 무렵 수술 날짜가 잡혔다.

2006년 10월 11일 07시, 아들은 나보다 한 시간 먼저 수술실로 갔다는 전갈을 받았다. 나도 이동 침대에 실려 수술실로 향하는데 아래위 치아 부딪치는 소리가 주위에 들릴 만큼 떨어 댔다. 내가 깨어나지 못하고 수의를 입어야 할지 모른다는 불안감도 있었지만, 혹시 아들에게 실수라도 하여 우환이 생기면 어쩌나 하는 두려움이 더욱 나를 떨게 했고, 공양미 삼백 석에 딸을 팔아 내가 눈을 뜨면 무엇 하느냐며 절규하는 심봉사의 모습도 내가 떠는 데 한몫했다.

'또닥또닥.'

얼굴을 토닥이며 큰소리로 계속 내 이름을 부른다. 토닥이는 간호사의 따뜻한 손길에 사랑이 전해왔다.

"눈 떠 보세요."

구름 위로 떠다니는 것 같기도 하고 구천 지하를 홀로 헤매는 것 같기도 하다.

"말이 들리면 눈을 떠보세요."

아련한 꿈길에서 서서히 정신이 드는 듯하다.

"지금이 12일 아침입니다. 여기 온 지 24시간이 지났어요."

몸은 움직일 수 없고 말도 할 수 없었지만, 소리는 또렷하게 듣고 있다. 고로쇠나무에 꽂힌 호스보다 더 많은 십여 개의 호스를 온몸에 꽂은 채…….

오후쯤 내가 의식을 차리자, 가족과 화상 전화가 연결되었다. 내가 의사 표현을 할 수 없으니 내가 눈을 뜨고 있는 모습만이라도 가족이 확인하는 자리였다. 아내와 며느리가 돌아가고 며느리가 전해준 메모지를 간호사가 또박또박 읽어주었다.

"아버님! 고생 많이 하셨어요. 아범이 마취에서 깨어나자마자 비몽사몽간에 아버님을 찾기 시작했어요. 아버지는 어떻게 되었느냐며 마치 어린아이가 엄마를 찾는 것 같았어요. 아범의 깊은 효심에 제가 샘이 날 뻔했는걸요." -중략-.

흔히 들을 수 있는 평범한 말인 듯한데 왜 이렇게 가슴이 뜨거워지는 것일까. 가슴 깊은 곳에서 뜨거운 눈물이 울컥 솟아오른다. 나는 아들에 대한 사랑이 깊지 않았는데 아들은 나에 대한 사랑이 그토록 깊은 줄 몰랐다. 흐르기 시작한 눈물이 그칠 줄 모르고 하염없이 흘러내린다. 간호사가 쉼 없이 닦아주지만, 몸속의 수분이 모두 눈물이 되어 흘러내리는 것 같다. 눈물을 닦아주고 있던 간호사가 감정이 복받쳤는지 흐느끼는 듯한 음성으로 한마디 했다.

"인제 그만 우세요. 아드님이 보기 드문 효자라 선생님은 참으로 행복해 보이세요."

무균실에서 중환자실로 옮긴 지 이레가 지났을까, 아들에게 변고가 생긴 것 같다. 아내의 어두운 얼굴이 그렇고 아들 방으로 드나드는 횟수가 점점 늘어나는 것으로 보아 그렇게 짐작할 수밖에 없었다. 올림픽 대교 상징탑의 조명이 꺼진 지 얼마 되지 않은 것으로 보아 새벽 2시쯤이지 싶다. 아내가 나간 후, 불안하고 궁금하여 누워있을 수가 없다. 탱자나무만큼 얽히고설킨 호스와 약병을 매달고 아들의 병실로 가 보았다. 아들은 새우처럼 등을 구부린 채 식은땀을 흘리며 신음하고 있었다. 진통제를 맞았지만 별 효험이 없다고 한다. 그렇게도 염려하던 일이 기어코 터지고 말았나 보다. 처음으로 하느님을 찾고 부처님을 불렀다. 독약을 마신 듯 속이 타고 현기증이 나서 복도로 나오니 불 꺼진 휴게실 한쪽에서 흐느끼는 며느리의 어깨를 아내가 다독이고 있다.

"눈물이 나면 흘리고 울고 싶으면 울어라. 자식과 남편을 한꺼번에 병실 침대에 눕혀 놓은 내 가슴은 이미 숯등걸이 되었다."

엘리베이터 모퉁이에서 이 모습을 지켜보고 있던 나는 다리에 힘이 빠져 허물어지듯 바닥에 주저앉고 말았다.

아침 식사가 배달될 무렵 아들은 재수술을 위해 하얀 침대보를 덮고 수술실로 떠난다. 뒤따르는 아내와 며느리의 어깨가 오늘따라

가녀려 보인다. 나는 마음속으로 소리치고 통곡한다.

"여보시오! 내 아들 내려놓고 나를 데려가시오!"

나는 화장실에 들어가 오래도록 울었다. 그토록 흘렸다면 더 나올 눈물도 없으련만 나로 인해 온 가족의 심신이 피폐해 졌다고 생각하니 억장이 무너졌다.

세월이 약 이련가. 이제 아들은 완쾌하여 직장에 복귀하였다. 그러나 불에 달군 쇠로 지진 듯 영원히 지워지지 않을 흉한 흔적과 갓 베어낸 그루터기 같은 선명한 생채기를 어찌한단 말인가.

아들아! 고맙다. 너를 어찌 잊을까.

손녀와 대화

손녀가 유치원에 다닐 때는 무지갯빛 꿈을 가졌었다.

"너 어른이 되면 무엇을 하고 싶니?"

"김태희, 전지현 같은 스타가 되고 싶어요."

"왜 그런 생각을 했어?"

"예쁘기도 하지만 돈을 많이 벌어서요."

"돈 많이 벌어서 어디다 쓰려고?"

"할아버지 할머니 엄마 아빠에게 멋진 자동차 사드리려고요."

손녀가 초등학교에 들어간 뒤 책은 멀리하고 친구들과 노는데 정신이 팔린 듯했다. 손녀에게 공부는 하지 않고 놀기만 하면 김태희 같은 스타가 될 수 없다고 했더니 손녀의 대답이 의외였다.

"저 스타가 싫어졌어요. 그냥 평범하게 살래요."

"왜 마음을 바꿨어?"

"제 얼굴이 스타가 될 만큼 예쁘지 않아서요."

손녀가 3학년이 되었다.

손녀는 짜장면을 아주 좋아한다. 점심때 짜장면을 먹은 뒤 내가 웃으면서 말했다.

"너 대학 졸업하면 짜장면 만드는 사람에게 시집가야겠다."

"할아버지 저 결혼 안 하고 혼자 살 건데요."

"결혼을 안 하다니, 왜?"

"지금도 직장 구하기가 어렵다는데 그때는 더 어려울 것 같아서요."

"혼자 살면 아빠와 엄마는 네가 모시고 살면 되겠다."

"혼자 살기도 어려울 텐데 어떻게 두 분을 제가 모시고 살아요. 아빠는 오빠가 모시고 엄마만 제가 모실 거예요."

열 살짜리 손녀의 대답이 때가 묻지 않아 모두 웃었다. 손녀가 살아 갈 세상이 지금보다 매우 풍요로워 졌으면 좋겠다. 현실을 정확하게 꿰고 있는 손녀의 말이 옷깃을 여미게 한다.

누이의 세월

소식이 끊긴지 7년이 된 누이에게서 전화가 왔다.

어디에서 무엇을 하고 사는지 행방을 알 수 없어 어머니 팔순 잔치 때도 기별을 하지 못해 어머니가 매우 섭섭해 하셨다. 오라비라는 위인이 무심하여 동생이 죽었는지 살았는지 관심조차 없다며 걸핏하면 지청구를 듣는 터라 "너는 어찌 그리 무심하게 사느냐"며 화풀이를 하려다가 꾹 참았다.

누이가 만나자고 한 장소는 서울에 있는 특급 호텔이었다. 소식이 없더니 돈 많은 남자와 결혼을 하였거나, 아니면 복권에라도 당첨되어 고급 안주로 와인 한잔 곁들인 멋진 저녁을 대접하려는가 싶다가, 또 한편으로는 호텔 방이나 화장실 청소원으로 취직되었으니 신원 보증을 서달라는 말을 하든지, 둘 중 하나일 것이라는 상상을 하면서 전철에 앉아 눈을 감았다.

누이가 스물대여섯 살이 되던 해 매제는 문간방에서 자취하던 여고생과 눈이 맞아 야반도주했다. 꿈에도 상상하지 못한 일이라 충격을 받은 누이는 이곳저곳 수소문하였지만 허사였다. 달포가 지나는 동안 하늘로 올라갔는지 땅속으로 들어갔는지 애간장만 태웠는데 아는 사람이 서울 어디에서 여학생과 있는 것을 보았다는 것이다.

두어 해가 지나도록 소식이 없자 누이는 방랑자가 되었다. 친한 친구뿐 아니라 혈육에게도 철저하게 거처를 숨기고 살았다. 명절이나 어머니 생신날 같은 특별한 날, 바람결에라도 잘살고 있다는 소식 한번 주었으면 좋으련만, 얼마나 독한 마음을 먹었는지 몇 년이 흘러가도록 소문조차 들을 수 없었다. 누이가 주위 사람과 담을 쌓고 사는 동안 어머니는 막내딸의 생사가 궁금하여 안절부절못하시다가 폭발한 파편은 아내와 내가 고스란히 맞았다. 하나뿐인 동생인데 사돈댁 병아리 보듯 관심이 없다는 것이 이유였다. 누이는 아는 사람 만날까 봐 두렵고 창피하여 철저하게 은둔생활을 했다. 아이가 딸렸으니 직업이나 행동도 자유롭지 못했을 터이니 사는 게 얼마나 힘들었는지 불문가지였다. 세상에 궂은일과 돈이 될성부른 일은 다 해 보았으나 애옥살이를 벗어나지 못했다.

호텔 바닥이 명경처럼 반질거리고, 아방궁처럼 크고 깨끗하다. 은은한 음악과 구수한 커피 향이 들뜬 마음을 진정시킨다. 고생을 많이 한 탓인가, 마흔을 갓 넘겼는데 쉰 살은 되어 보인다. 아들이

(조카) 호텔 나이트클럽에 전자오르간 연주자로 취직되었는데 오늘이 첫 출근이란다. 누이와 함께 무대가 잘 보이는 곳에 자리를 잡았다. 누이는 조카가 연주 중에 실수라도 할까 봐 마음이 들뜨고 불안한지 맥주잔을 자주 입에 댄다. 고막이 찢어질 듯 연주가 시작되니 젊은 남녀가 뒤엉켜 몸을 비틀고 흔들며 환각에 빠진 듯하다. 폭풍 같은 음악 서너 곡이 휘몰아쳐 혼을 쏙 빼놓더니 조용한 곡이 연주되었는데 조카의 독무대였다. 어릴 때 보고 처음 보지만 낯설지 않았다.

조카는 검은 양복에 짙은 색안경을 쓰고 전자오르간 앞에 앉았다. 누이가 침을 꼴깍 삼키는 바람에 나도 덩달아 긴장되었다. 무대가 컴컴한데 조카에겐 강한 서치라이트가 비쳤다. 가슴이 벌어지고 훤칠한 키가 보기 드문 멋쟁이였다. 연주하며 노래를 불렀다. 대중가수 김수희가 부른 '가로등도 졸고 있는 비 오는 골목길에……'

그런 노래였다. 무대에는 남녀가 껴안고 블루스를 추고 있었다.

노래가 흐느끼듯 끊길 듯 한이 서린 창법이었다. 노래 두 소절이 끝나지 않았는데 누이는 손등으로 연방 눈 주위를 닦았다. 조카가 출세한 건 아니지만 이젠 혼자 살아갈 수 있는 청년이 되었으니 막막하던 지난날이 생각나서 서러움이 복받쳤을 것이다. 연주와 노래가 끝나자 젊은 여성들의 괴성과 박수 소리가 들렸다. 대성공이었다.

악단장이 마련해준 호텔 방 테이블에 딸린 의자에 누이와 마주 앉았다. 누이는 왼손에 붕대를 두껍게 친친 감고 손을 자꾸만 감추려고 한다. 겉모습만 보아도 많이 다친 것 같다.

조금 다쳤다고 했지만, 재차 추궁하자 사실대로 털어놓았다.

"공장에서 일하다 손가락 네 개가 잘렸어, 처음엔 불편했는데 살다 보니 밥하고 설거지하는데 익숙해졌어." 누이는 싱긋 웃기까지 했다. 그 표정은 절망감을 이겨내고 이제 씩씩하게 잘 살고 있으니 걱정하지 말라는 의미였다. 그러나 누이의 어설픈 그 표정이 내 감정을 조절하기 어려울 만큼 슬프게 했다. 허수아비 표정 같기도 하고, 염장한 고등어처럼 퀭한 표정 같기도 해서 울컥 눈물이 쏟아졌다. 중년이 지나가고 있다 해도 여자인데 웃고 넘길 일이던가. 차라리 내 팔자가 왜 이리 박복하고 기구하냐며 소리 내어 엉엉 울어버렸다면 내 마음이 조금은 가벼웠으리라. 그날 밤 영혼이 빠져버린 쭉정이 같은 누이의 모습이 뇌리에서 쉽게 지워지지 않아 나도 속울음을 울었다.

무소식이 희소식이라지만 누이는 그렇지 않았다. 사는 게 힘들고 팍팍하면 소식을 끊었다가 안정이 되고 여유가 생기면 소식을 전해왔다. 조카의 직업은 한곳에 오래 머무르지 않았다. 두서너 달 만에 옮겨 다녔다. 대형 나이트클럽에서 일하다 보니 전국을 돌아다닐 뿐 아니라 술과 여자가 흔한 직업이었다. 조카의 나이가 어리기도 하였지만 외로움을 이기지 못해 술과 여자를 가까이했고, 세월이 흐르면서 타락의 나락으로 떨어지며 악단에서 쫓겨나는 지경에 이르렀다. 이윽고 알코올 중독자가 되어 누이가 팔방으로 뛰었으나 때가 이미 늦었다. 전세금을 빼서 치료에 매진하였으나 허사였다.

술주정과 무전취식으로 경찰서엔 사흘이 멀다 하고 드나들었고 술값을 갚아주느라 등골이 빠졌다. 막막할 때면 강한 자존심을 내려놓았는데 그때마다 큰 도움은 아니라도 오라비 노릇을 하는 척했다. 행패를 부리다 머리가 터지고 팔다리마저 부러져 오는 날이 한두 번이 아니고 겨울에 길바닥에 쓰러져 얼어 죽을 고비도 여러 번 넘겼다. 조카 자신도 어찌하지 못해 스스로 요양원에 들어갔다 나오길 반복하지만 뾰족한 수가 없다. 모자(母子)가 얼싸안고 통곡하는 것도 이젠 지쳤다. 조카 나이 마흔이 가까워져 오는데…….

아무래도 조카가 오래 살지 못할 것 같아 바닷가 한적한 곳으로 거처를 옮겼다고 했다. 비릿한 갯바람이 코끝을 스친다. 선술집 탁자 위에 빈 소주병 두 개가 멀뚱멀뚱하다. 땅이 꺼질 한숨을 쉬면서 "아버지 복 없이 자랐으면 남편 복이라도 있어야 하는데 자식 복마저 없으니 태어나선 안 될 박복한 년이지요?" 이젠 흘릴 눈물도 없는지 목소리만 촉촉하게 젖어있었다. 박복이라는 말 속엔 오라비 복도 없다는 의미가 포함된 것 같아, "별소리를 다 하는구나" 하고 하지 않아도 될 말을 했다. 조카가 많이 아픈 모양이다. "저 웬수 하나 보고 모진 세월 버텼는데 먼저 가버리면 나는 어찌 살지요?" 누이의 세월을 한 마디 한 마디 들을 때마다 송곳으로 가슴을 찔리는 통증을 느꼈다. 뱃멀미를 하듯 속이 울렁거리고 위장에서 쓴 물이

역류할 것 같다. 기가 막히면 말이 안 나온다더니 이런 증상도 있는 것일까. 내가 조금 더 신경을 썼더라면 하는 때늦은 회한이 돌덩이 하나 가슴 위에 올려졌다. 갯바람에 웃음 잃은 누이의 머릿결이 흐트러졌다. 헝클어진 머릿결에 한과 서러움이 덕지덕지 달라붙은 것 같아 나를 더욱 슬프게 한다. 소슬바람 불기 전에 볕뉘라도 들었으면 좋으련만.

눈물

손자가 초등학교 1학년이 되었다.

당시 작은아들은 사업에 실패하여 경제적으로 매우 어려운 시기였다. 며느리는 직장 때문에 손자와 친척 집에서 드난살이를 하고 있었다.

심성 고운 띠앗이 아파트 방 한 칸을 무료로 내주어 며느리는 손자를 데리고 임시 직장이지만 밥벌이를 하고 있었다. 그 집엔 손자 또래의 아이가 둘이 있어 장난감이나 먹을거리를 두고 다툼이 잦았을 것이다. 어른들이 곁에 있다면 그렇지 않겠지만, 어려도 빌붙어 사는 주제니 기가 죽을 것은 당연하지 싶다.

여름방학이 끝나고 개학날에 맞춰 아이를 데려다 주러 가는 길이다. 아이는 엄마가 있는 곳으로 가는 길이니 마음이 들떠서 가만히 앉아있질 못했다. 두 시간 넘게 옆에 앉아서 참새처럼 조잘거렸다.

아이가 명랑하게 조잘거릴수록, 그리고 아이와 작별할 시간이 가까워질수록 텅 빈 것 같은 내 마음속에 알 수 없는 슬픔이 차곡차곡 채워졌다.

집 부근에 왔음을 며느리에게 알리고 아이를 쳐다보니, 아이는 자동차 창유리에 이마를 대고 시무룩해 있는 듯했다. 그리곤 주먹으로 눈 주위를 문질렀다.

“너 갑자기 왜 그래? 우는 거니?”

아이가 대답하지 않아 재차 물었다. 뜸을 들이던 아이가 대답했다.

“그냥 눈물이 나요.”

“그런 게 어디 있어, 눈물이 나는 이유가 있을 거 아니냐?”

아이가 또 한참 뜸을 들이다가

“할아버지 집에 가실 때 혼자라서 외로울 것 같아서요.”

아이의 말이 떨어지자마자 울컥 내가 눈물을 쏟을 뻔했다. 그렇잖아도 환경이 열악한 곳에 아이를 두고 돌아설 생각을 하니 가슴이 찢어질 것 같았는데 오히려 아이가 내 걱정을 하는 것이다. 아이를 가볍게 안아주고 눈길도 맞추지 않은 채 도망치듯 그 자리를 벗어났다. 자꾸만 눈물이 나와서다. 아이가 보이지 않는 곳에 차를 세우고 한참을 울었다.

아이가 3학년이 되었다.

길을 건너거나 자동차를 타고 내릴 때 자잘하게 유의할 점을 설

명하면, 녀석은 어이없어하는 표정으로 나를 빤히 바라보며

"할아버지, 이제 그 정도는 다 알거든요."

이러면서 어른 행세를 하려고 한다. 서너 달 전, 작은아들이 허술한 월세방을 얻어 드난살이를 면했다. 그동안 거두어준 친척에게 더는 폐를 끼쳐선 안 되겠다는 생각에서다. 참 잘했다고 생각했다. 사람이 살아가면서 역지사지로 생각해야 한다. 처지가 바뀌었다면 내 아들은 그 사람에게 불편을 감수하고 기꺼이 방을 내 줄 수 있었겠는가. 쉽지 않을 것이다. 정말 고마운 사람이다. 설 연휴가 끝나고 아이를 데려다 주기 위해 전철을 탔다.

전철역에 내리기만 하면 혼자갈 수 있다고 했지만 마음이 놓이지 않아 집 앞까지 가겠다고 내가 우겼다. 며칠 전 내린 폭설 때문에 길이 많이 미끄러웠다. 녀석이 내가 넘어질 까봐 신경이 쓰이는 모양이다. 내 소맷자락을 잡았다가 바지 호주머니 부분을 잡고 조심하라는 말을 입에 달고 있다. 이리저리 돌아서 작은 언덕배기를 넘자 이제 다 왔다며 돌아가라고 한다.

"이 녀석아, 어떤 집인지 알고 가야 할 거 아니냐?"

"안 돼요, 지금은 집이 너무 좁아서 할아버지가 보시면 실망하실 거예요. 여름 방학 때 넓은 집으로 이사한다고 아빠가 말했어요. 그 때 할아버지 모실게요."

녀석과 대화는 그것으로 끝냈다. 녀석이 또 나를 울릴 것 같아서.

아내의 웃음

심장 수술 날짜가 정해지자 아내의 웃음이 헤퍼졌다.

어설픈 웃음 속엔 어이없어 하는 표정과 극도의 두려움이 짙게 배있고, 잦은 미소 속엔 아내의 자리를 비우고, 경제적인 손실까지 끼친다는 미안함을 감추려는 속마음이 무지개처럼 보인다. 열 개가 넘는 약병을 주렁주렁 매달고 사경을 헤맨 나를 옆에서 지켜본 것이 한두 번이 아닌데 어찌 불안하지 않겠는가. 아프고 싶어 아픈 사람이 세상에 어디 있을까. 그리 미안해할 일도 아니건만 사발 깬 새색시처럼 몸 둘 바를 모른다. 아내는 동네 병원의 진단과 마찬가지로 대학 병원에서도 심장 혈관 이상과 심장 판막증이라는 진단을 받았다. 자연치유나 약물 치료 방법은 없고 오직 수술뿐이라며, 빨리 서둘라는 것이다.

며칠 전 아내가 갑자기 정신을 잃고 쓰러진 적이 있는 터라 내가 간암 말기 진단을 받았을 때만큼 충격을 받았다.

하늘이 노랗고 땅이 꺼졌다는 말이 그냥 해보는 말이 아니었다. 세상 사람 다 아파도 아내는 아프지 않을 것이라 여겼다. 40년을 넘게 살아오면서 몸이 아파 병원에 간 것은 딱 한 번 충수염 수술을 받았을 때뿐이다. 아내는 수시로 모두 나 같다면 의사 밥 굶을 것이라고 큰소리쳤는데 빈말이 아니었다. 아내는 평소 나보다 사흘은 더 살아야 하고, 꼭 그렇게 할 것이라고 말했었다. 왜 그리해야 하느냐고 물었었다. 아내는 슬픈 미소를 지으며, 당신이 죽으면 경치 좋고 양지바른 곳에 묻어 주고 죽을 거라고 했다. 그랬는데 자칫하면 내가 아내를 묻어야 할지 모른다.

수술 준비를 위해 입원하라는 연락이 왔다. 침착해지려고 애쓰는 아내가 측은하다. 필요한 물건을 챙기는 아내의 손이 두려움과 공포에 안절부절못하고 가늘게 떨고 있다. 아들과 함께 집도 의사를 만났다. 잘못되었을 경우를 설명했지만 끔찍하여 기억하고 싶지 않았다. 며칠 사이 핼쑥해진 얼굴로 이동 침대에 누워 눈을 감고 있다. 침대 바퀴가 수술실을 향해 굴러간다. 내가 침대 모서리를 움켜잡았다. 지구 밖으로 굴러갈지 모른다는 방정맞은 생각이 들어서다. 내가 간을 잘라 내고 병원에 있을 때다. 옆방에 있던 여자 환자가 죽어서 나갔다.

남편이 침대를 잡고 통곡했다. 가지 마라! 가지 마라! 당신이 먼저 가면 어찌하나! 하던 남자의 울부짖는 소리가 생생하게 들린다.

푸릇푸릇한 환자복을 벗기고 삼베 수의를 입히면 어쩌나 싶어 심장이 쿵쾅거린다. 내가 아내를 위해 처음으로 기도했다. 하나님 부처님 신령님 조상님께 빌고 또 빌었다. 수술실 문이 열리자 죽은 듯이 있던 아내가 눈을 떴다. 쭉 늘어선 가족을 향해 배시시 웃으며 힘겹게 손을 흔들었다. 공포에 질려 숨이 막힐 사람이 자식과 남편 그리고 동생들을 위해 용감한 척하는 게 가여웠다. 검은 유리문이 자동으로 닫혔다. 심장병은 스트레스가 원인일 경우가 많다고 한다. 그렇다면 모든 게 내 탓인 것 같아 참았던 감정이 기어이 눈을 촉촉하게 만들었다.

뼈를 잘라 가슴을 열고 혈관을 넓혀 인공 기구를 넣은 수술이라 긴 시간 아내는 꼼짝할 수 없었다. 며느리 둘이 교대로 병상을 지키는 터라 낮에는 실없이 병상 주위를 맴돌다가 밤이면 집으로 왔다.

열흘이 지났다. 오늘따라 소쩍새 울음소리가 더욱 구슬프다. 열여드레 달님이 처마 끝에 걸리자 밑반찬 들고 왔던 아들이 둥지로 돌아가기 위해 짐을 챙긴다. 희미한 밤안개 속으로 아들이 탄 자동차의 빨간 미등이 아스라이 사라지고, 내뿜고 간 배기가스는 조각구름처럼 떠돌다가 외로움으로 변해 가슴속으로 파고든다. 외로움이 순식간에 전염되어 천근 납덩이가 되고, 몸속의 영양분이 남김없이 빠져나간 것처럼 허전하고 쓸쓸하다. 아내가 없는 빈집이 이렇게 크고 넓은 줄 미처 몰랐다.

오늘은 일요일이라 아들 식구가 병원에 들렀다가 이곳에 왔다. 왁

자지껄하여 외견상으로는 사람 사는 집 같은데, 아내가 없는 집 안은 왜 이렇게 빈집 같을까. 며느리가 솜씨를 발휘하여 정성으로 만든 반찬이 진수성찬인데 아내가 만든 된장찌개 한 가지보다 못 하다는 생각이 스멀거리니 어찌 된 조화인지 알 수 없는 노릇이다. 며느리의 정성과 성의를 생각해서 부지런히 젓가락질하지만, 먹을수록 포만감은커녕 허기가 더 지는 느낌이다. 마주 앉은 자식과 손자도 아내의 자리를 메우지 못하는 것 같다. 극진한 효자보다 악처가 낫다는 말이 몸에 와 닿는다. 나이가 들수록 아내에게 의존도가 높아지고 아내 없이는 아무것도 못 하는 반편이가 된 것 같다.

어릴 때 귀가하여 어머니가 부재중이면 까닭 없이 불안하고 허전했던 기억이 새롭다. 손자가 여럿 있는 할아버지지만 귀가해서 아내가 부재중이면 어릴 때와 같은 심정이니 희한한 일이다. 저녁상을 물린 후 아이들이 돌아갔다. 빛과 소음이 없는 산골의 적막은 도회지보다 깊다. 혼자라는 외로움이 몸과 마음을 시리게 해 보일러 온도를 높여보지만, 아내의 자리를 채우기엔 역부족이다. 도둑고양이가 지나가나 보다. 개 짖는 소리가 요란하여 커튼을 젖혀보니 달빛이 마당에 앉았다. 달이 밝고 개 짖는 소리가 요란할수록 아내의 빈자리가 크게 느껴진다.

아내가 퇴원하여 집으로 왔다. 여러 가지 약을 먹지만, 그중에 이뇨제가 들어있어 화장실 드나드는 횟수가 잦다. 아내는 눕거나 일어날 때는 반드시 부축을 받아야 한다. 자른 가슴뼈가 아직 야물게

붙지 않은 탓이다. 요즘처럼 노루 꼬리만큼 짧은 밤은 화장실에 대여섯 번만 들락거리면 동창이 밝아진다. 때로는 금방 갔다 왔는데 또 가려고 한다. 아마도 미안하니까 긴장한 탓이리라. 내가 잠잘 때 몸부림을 심하게 치는 버릇이 있어 멀찌감치 떨어져서 자는데, 잠이 들면 둘러메고 가도 모를 정도로 둔한 편이라 아내가 나를 깨우는 것도 고통이다. 아직은 큰 소리로 말하지 못하니 더욱 그렇다.

아내는 나를 깨우는 것이 힘들고, 나는 깊은 잠에 빠지지 않으려고 애쓰다 보니 서로가 불안하여 전화벨로 깨우기로 했다. 핸드폰 볼륨을 높여 놓으니 즉시 일어날 수 있어 좋았다. 서커스단 코끼리는 북소리만 나면 춤을 추는데, 나는 전화벨 소리만 나면 밤낮을 가리지 않고 벌떡 일어난다. 늘 잠이 부족하다 보니 아내가 소변을 보는 사이 벽을 기대고 서서 졸고 있는 경우가 종종 있다. 그런 모습을 보이지 않았어야 옳았는데 아내가 많이 미안했던 모양이다. 아침밥을 먹고 설거지를 하고 있는데 아내가 생뚱맞은 소리를 했다.

"비가 그치면 읍내에 나가서 성인 기저귀 좀 사오세요."

"성인 기저귀를 왜?"

"내가 쓰려고요. 화장실 들락거리느라 밤잠을 설쳤더니 어지럽고 머리가 아파요."

나를 깨우기가 미안하니 그렇게 에둘러 말하지만, 불언가지지 내가 어찌 모르겠는가. 뭐가 그리 부담스럽고 미안할까. 동안 힘들게 하고 빚진 것을 조금씩 갚고 있는데…… 아내 간호하는 정성이 부족하고 태도가 곰살갑지 못한 모양이다. 아내에게 기저귀 말을 들은 후 나는 서서 졸지 않고 고수련했다.

아내를 일으키고 뉠 때도 가벼운 짚단을 드는 것처럼 숨소리마저 죽였다. 누군가 집에 와서 환자가 환자를 돌보느라 힘들겠다는 말을 했는데 아내가 듣고 또 기저귀 타령이다. 생로병사를 피해 갈 수야 없겠지만, 함초롬하던 아내가 병이 나서 드러누웠다. 아내가 나를 지아비로 삼았을 땐 꿈이 있었을 터, 꿈을 이루기는커녕 해바라기처럼 살아온 아내가 기저귀를 차야겠다고 말할 때 아득한 절벽에서 떨어지는 참담함을 느꼈다. 성인 기저귀는 돌볼 사람 없는 중환자나, 사자 밥 지고 칠성판에 오를 사람이나 착용하는 것이지 멀쩡한 내가 옆에 있는데 기저귀를 착용하겠다니 내가 허깨빈가 싶다. 아내든 나든 기저귀를 착용하는 날 이승의 소풍이 끝나는 날이 아니겠는가. 어느 시인은 허수아비는 혼자라서 외로운 게 아니라 누군가를 사랑하기 때문에 외롭다고 했다. 사랑하는 만큼 외롭다고 했다. 나는 지금 허수아비다. 가을걷이 끝난 벌판에 홀로 선 허수아비다.

대장 검사

내가 사는 동네에 대장 항문과 병원이 개업하였다.

동네 사람은 개업 기념으로 대장 검사 비용을 싼값에 해준다는 소문을 반장과 부녀회 간부가 퍼뜨리고 다녔다. 그렇지 않아도 아랫배가 묵직하고 변이 가늘어 장 검사를 받아보려던 참이었다. 장을 깨끗하게 비워야 정확한 진단을 할 수 있다기에 검사 전날 아침과 점심은 흰죽으로 때우고 저녁은 걸렀다.

내가 큰 수술을 받기 전엔 의사와 간호사의 말을 대충 듣고 어물쩍 넘기는 경향이 있었는데, 죽을 고비를 넘긴 후로는 의사와 간호사의 지시라면 어떠한 불편이 있더라도 이유 달지 않고 고분고분 잘 따르는 편이다. 저녁 9시경 콜크린과 가스콜이라는 약을 먹었는데, 시고 떫고 역겨운 맛까지 났지만 한 방울도 남기지 않고 꿀물인 양 마셨다. 약효는 엄청나게 빨랐다. 한 시간도 지나지 않았는데 아랫배가 와글와글 부글부글 천둥치고 폭풍 해일이 일어난 것 같더니 즉시 화장실에 들락거리게 했다. 한 시간에 서너 번을 들락거려야 하니 귀찮아서 속옷은 벗어버리고 헐렁한 반바지만 입은 채 아이 낳을 여자의 폼으로 화장실 입구에 누웠다. 한 되짜리 생수 두 통을 마시며 밤새 드나들었더니 눈앞이 휑하니 헛것이 보이려고 한다. 예약 시간에 맞춰 병원에 들어서니 새 건물이라 페인트 냄새에 눈이 쓰리다. 실력 있는 의료진이라 소문 듣고 왔는지, 아니면 나처럼 동네 사람들인지 알 수 없으나 접수 창구가 매우 혼잡하였다. 간호사가 틀니를 했는지, 당뇨와 혈압이 있는지 물어보곤 파란색 바지를 건네주며 "구멍 뚫린 곳이 뒤로 가게 입으세요." 라고 한다. 바지를 살펴보니 한쪽이 녹두 전 크기의 동그란 구멍이 뚫려있다. 항문 검사 때는 구멍이 뒤로 가게 입고 비뇨기과나 산부인과 검사 때는 앞으로 오게 해서 입으면 편리할 것 같았다.

구멍이 앞으로 뚫렸다면 남녀 누구나 은밀한 곳을 손바닥이나 수건으로 가렸을 터인데, 궁둥이는 누가 보거나 말거나 상관없다는 듯 가리지도 않고 서 있거나 돌아다녔다. 하기야 보라고 디밀어도 볼 사람이 없겠지만.

어떤 이의 궁둥이는 남자 피부 같지 않게 철판 위에 갓 올린 감자 부침개처럼 하얗고, 다른 이는 노르스름하게 잘 익은 빈대떡처럼 황갈색이 나는가 하면, 또 다른 이는 제때 뒤집지 않아 태워버린 해물 파전처럼 거뭇거뭇 파릇파릇해 보이고, 돌아서서 대화를 나누고 있는 내 또래의 남자는 울퉁불퉁 울긋불긋 땀띠가 났는지 아니면 피부병인지 좁쌀 같은 것이 돋아 살결이 매우 거칠었다. 얼굴색도 그렇지만 엉덩이 색깔도 천차만별이었다.

침대에 오르니 새우처럼 등을 굽혀 벽을 보고 옆으로 누우라고 한다. 주삿바늘을 찌를 때는 찌르는 부위를 만지거나 토닥토닥 거리며 예고를 하고 주사를 놓는 것이 보통인데, 이곳 간호사는 진통제 주사를 놓는다는 말만 하고 그냥 궁둥이에 찔러버린다. 병원에 오기 직전 궁둥이를 정성 들여 씻고 싸구려지만 향수도 한 방울 떨어뜨려 검사받는 사람으로서 예의를 지켰는데 왜 사납게 대하는지 모를 일이다. 나이가 지긋한 것으로 보아 경험 부족은 아닐 테고 아마도 간밤에 부부싸움을 하고 출근한 모양이다. 병치레를 많이 한 탓에 주사에는 이골이 난 사람인데, 깜짝 놀라 하마터면 소리를 지를 뻔하였다.

글리세린인지 콜드크림인지 알 수 없으나 미끈미끈한 액체를 항문에 발라 살살 문지르는데 어찌나 간지러운지 이를 앙다물었지만, 몸이 움찔거려 틀니를 했는지 물어본 이유를 알 것 같았다. 단단한 파이프가 항문에 꽂히고 파이프 속으로 여러 가지 기계가 몸속으로 들어오는지 아랫배가 얼얼하고 약간의 통증 때문에 불안하여 몸은 더욱 움츠러들었다.

검사가 시작되었다. "대장의 길이는 사람의 키와 비슷합니다. 또한, 대장이 비어있고 꼬불꼬불 붙어 있기 때문에 렌즈가 들어가려면 공기와 물을 뿜어 통로를 만들면서 들어갑니다. 따라서 약간의 통증이 있을 수 있으니 견디기 어려우면 손을 들거나 말씀을 하십시오."

의사는 비교적 상세하게 설명하며 작업을 계속하고 있었다. 몸을 비틀고 고개를 돌려 모니터를 보니 라이트를 켠 카메라 렌즈가 공기와 물을 내뿜으며 붙어있는 장을 헤집고 몸속 깊이 조금씩 파고 들고 있었다. 그때 간호사의 비명과 함께 병원 안이 암흑천지가 되어버렸다.

지하인지라 한 치 앞을 분간할 수 없는 천길 땅속 같았다. "어떻게 된 거야?" 의사는 긴장되고 다급한 목소리로 간호사에게 묻곤 더듬더듬 밖으로 나가고 간호사도 뒤따라 나가는지 신발 끄는 소리가 들린다. 밖에 대기실에는 아이 우는 소리와 여자의 비명이 간간이 들리고 다급한 발걸음 소리에 불안하고 혼란스러웠다. 건물에 불이 났을까. 소방차 사이렌 소리가 가까이서 들리는 듯했다. 불이 났다면 몸에 꽂힌 기계를 뽑아내고 신속하게 대피해야 한다. 병원 관계자들은 고객을 남겨 놓고 안내 말도 없이 어디로 갔단 말인가. 몸을 움직여 보니 꼼짝도 하지 않았다. 손을 뒤로하여 항문에 꽂힌 기구를 만져보니 단단한 쇠파이프가 박혀있었다. 작살에 꽂힌 도다리 신세가 된 것 같고, 십자가에 못이 박힌 예수님이 아른거린다. 예수님은 그래도 부활했지만, 나는 곱다시 산 채로 꼬치구이가 되는구나 싶으니 기가 막혔다. "여기 사람 있어요, 밖에 누구 없어요?" 하고 악을 써보지만, 모두가 밖으로 대피하고 없는 듯했다. 숨이 막힐 공포에 떨다 보니 눈물도 나오지 않았다. 그 와중에도 방정맞은 생각이 자꾸만 났다. 뱅글뱅글 돌아가는 전기 통닭구이와 장작불 위에 통돼지 바비큐가 스쳐 지나간다. 내가 인간 바비큐가 되어 끔찍하게 죽는 모습을 상상하니 불현듯이 등신불等身佛 생각이 난다. 만적은 멀쩡한 채로 등신불이 되기 위해 가부좌를 틀고 합장을 한 채, 명주를 여러 겹으로 전신에 감고 한 달간 들기름에 절여 불이 담긴 향로를 머리에 얹어 서서히 몸을 태워 부처님께 공양하여 등신불이 되었다고 한다.

나는 가부좌를 할 수 없으니 무엄하게도 누운 채로 몸을 태워 공양해야 하니 와불臥佛이라고 흉내 내야겠다. 파이프가 박힌 와불은 세계 어디에도 없는 희귀한 부처다. 내가 소신공양하여 와불이 될지도 모른다는 생각을 하니 두려움이 한결 가벼워졌다.

시간이 얼마나 흘렀을까. 플래시를 든 사람이 바쁘게 움직이는지 번개처럼 불빛이 일렁거렸다. 불이 난건 아닌 것 같아 마음이 놓인다. 소방차 사이렌 소리가 들린 것 같았는데 환청이었나 보다. 얼마나 놀라고 용을 썼는지 사타구니가 축축하고, 이마에 땀방울이 맺힌 채 사지가 축 늘어졌다. 대낮같이 환하게 전깃불이 들어오니 눈이 부셨다. 그리고 바로 다시 정전이 되었다. 전기가 들어왔다 나갔다 서너 번 반복한 후에야 안정이 되었다. 의사는 비상 발전기가 작동이 안 됐다며 죄송하다는 말을 여러 번 하였다. 그렇다면 상황 설명을 해줘야 놀라지 않을 거 아니냐고 따지려다 사과하는 태도가 진정성이 있어 입을 다물었다. 언젠가 혼자 엘리베이터를 탔는데 정전이 되어 한 시간 넘게 갇혀있었지만, 이번처럼 공포에 떨진 않았다. 다리가 후들거리고 몸속에 피가 다 말라 버렸는지 어지럼증이 생겼다. 집에 가면 돼지 족이라도 사다 먹고 원기 회복에 정진해야겠다.

동태 전골

서쪽 창문으로 가을 햇살이 밀물처럼 밀려든다.

서리가 내리고 소슬바람이 창문을 흔들더니, 벌써 얼음이 얼고 첫눈이 내려 상록수에 하얀 옷을 입혔다. 읍내 장터에 대추나무 토막만큼 빳빳한 동태를 트럭에 가득 싣고 와서 큰소리로 호객을 하고 있다. 대형 마트보다 가격이 싼지 트럭 주변에 사람들이 물 묻은 바가지에 참깨 달라붙듯 했다. 오늘이 무슨 날이기에 이렇게도 사람들이 많이 몰려나왔는지 사람멀미를 할 지경이다.

시장기가 돌아 따뜻한 국물로 점심을 때우려고 주변을 두리번거리다가 고향 선배를 만났다. 동태 전골을 시켜 놓고 막걸리 한 사발씩 들이켰다. 선배는 나만 보면 초등학생일 때 단체로 어딘가 다녀오다 급한 나머지 바지에 똥을 싼 적이 있었는데, 그 이야기를 끄집어내기에 막걸리가 담긴 사발로 입을 틀어막았다. 냄비 속엔 통통하게 살이 찐 동태가 뜨거워서 몸을 비틀고, 듬성듬성 썬 무와 두부가 얼싸안고 춤을 춘다. 동태 가운데 토막을 국자로 건져 선배 앞 접시에 담아 주고, 대가리와 꼬리는 내 접시에 담았다. 선배가 공평하지 못하다고 생각했는지 한 토막 남은 몸통을 건져 내 접시에 담으려는 것을 내가 극구 사양했다. 내가 동탯국을 즐겨 먹지만 가운데 토막에는 숟가락이 잘 가지 않는 사연이 있다.

장손인 조카와 나는 동갑내기다. 조카 인생에서 나는 백해무익한 삼촌이었다. 나와 가족으로 인연이 맺어진 것은 업장이라고 해야 옳은 표현일 것이다. 몇 년간 큰형님 집에서 조카와 같은 학교에 다녔었다. 유교사상이 투철한 큰형님은 조카와 삼촌의 신분은 하늘과 땅만큼 다르다고 생각했다. 내가 시골에서 형님 댁으로 오기 전까지는 조카도 장손 대우를 받았다. 연년생과 두 살 터울의 여섯 명이 밥을 먹을 때는 등겻섬에 새앙쥐 엉기듯 하여 아귀다툼을 해야 반찬 한 가지라도 더 먹을 수 있었다. 조카는 장손 자격으로 형님과 겸상을 하는 특전이 있었는데, 내가 나타나는 바람에 낙동강 오리알이 되고 말았다. 세자 신분에서 능참봉으로 강등되었기 때문이다.

형님의 밥상은 장군 밥상이었고, 나머지 식구들의 밥상은 이등병 밥상이었다. 내가 장군과 겸상을 하게 되니 조카는 이등병으로 강등된 것이다. 장군 밥상에는 가끔 계란 프라이가 오르거나 생선 가운데 토막이 올랐지만, 이등병들은 냄새만 맡거나 대가리와 꼬리를 빨아 먹어야 했다. 조카는 내가 눈엣가시처럼 얄미웠을 것이다. 그래서 나를 바라볼 때는 늘 도다리 눈이거나 갈고리 눈으로 눈썹춤을 추며 나를 째려보았다. 어느 날, 별것 아닌 일로 멱살잡이를 하고 맞손질을 했는데 나는 입술이 터지고 조카는 코피를 흘렸다. 어떤 경로로 정보가 들어갔는지 알 수 없으나 형님이 알았다. 시말이 어떠했건 삼촌과 싸웠다는 자체가 불경죄에 해당하여 조카는 바짓가랑이를 걷어 올려야 했다. 종아리에 회초리를 맞을 때면 나는 혀를 내밀어 조카에게 용골때질을 하고 염장을 질렀다. 조카는 나에게 넌더리를 내고 아예 상종조차 않으려고 했다.

큰형님은 술을 좋아하여 귀가할 때는 늘 곤드레만드레되어 해장국으로 동탯국을 자주 끓였다. 어느 날 조카와 내가 마주앉아 밥을 먹는데 동탯국이 밥상 위에 올려졌다. 내 국그릇엔 살이 찌고 알이 든 몸통 한 토막이 들었는데 조카의 그릇엔 내 것 보다 훨씬 작은 동태 토막이 담겨 있었다. 그렇지 않아도 내가 미워 후환이 없다면 한 대 쥐어박고 싶은 터에 음식마저 차별하니 조카의 입이 한 뼘이나 나왔다. 숟가락으로 동태 대가리를 건졌다 놓기를 반복하였다. 초등학생이지만 자주 먹는 동탯국이니 동태 대가리는 먹을 것이 없다는 것쯤은 경험으로 알고 있었다. 내 국그릇과 자기의 그릇을 번갈아 쳐다보며 언턱거리 할 궁리를 하는 것 같았다. 형수님이 조카의 심정을 알아차렸나 보다.

"아무 말 말고 먹어, 동생들은 국물 맛도 못 본다."

그래도 조카는 억울한지 입술을 비틀고 숟가락을 소리 나게 놓았다가 들었다 하면서 눈을 내리깔고 있었다. 조카의 심기가 비틀어져 있으면 조심해서 먹었어야 옳았는데 국물도 훌훌 소리 내어 먹고 동태 알을 입에 넣었다가 다시 꺼내 바라보며 깨물어 먹지 않고 쪽쪽 빨면서 조카의 장을 비틀었다. 형수님이 조용히 다시 타이른다.

"삼촌이잖아."

나는 삼촌이니까 무소불위의 권한을 가진 것으로 착각하고 자랐다. 내가 조카로 태어나지 않은 게 얼마나 다행인지 스스로 만족하고 행복해했다. 자잘한 심부름은 늘 조카 몫이었다. 철딱서니 없이 살아도 세월은 흘러갔다. 내가 늦게나마 철이 들었나 보다.

군대 갈 무렵, 내 어머니가 밥상을 차렸는데 동탯국이 밥상에 올랐다. 느슨하게 살펴봐도 내 국그릇에 든 생선토막이 굵거나 차이가 없어 보였다. 왠지 미안하고 부끄러운듯하여 얼굴이 붉어졌다. 어머니는 왜 내 국그릇과 조카 국그릇을 비슷하게 담았을까. 확실히 차이가 나도록 조카 국그릇에 큰 가운데 토막을 넣었으면 얼마나 좋았을까. 어머니가 못마땅하고 미운 마음마저 들었다. 이미 때가 늦었지만, 모르는 척 그냥 먹을 수는 없었다. 내가 배가 아프다는 핑계로 숟가락을 놓으며 내 국그릇에 든 생선을 건져 조카 국그릇에 넣어주었다.

그 후로 나는 동탯국을 먹어도 가운데 토막은 좀처럼 먹지 않는다. 내가 대가리만 준다고 투정을 부리면 "조카니까" 그러시길 바랐다. 먼 훗날 어머니에게 손자를 더 위해야 내 마음이 편안하지 않겠느냐고 한 적이 있는데, 어머니는 그 사실을 까마득히 잊고 있었다.

형수님도 사람이다.

맛있는 음식이나 좋은 옷이 있으면 시동생보다 자식에게 주고 싶은 것이 인지상정일 터다. 그런데도 삼촌이니까 를 주문처럼 외우고 다니며 조카에게 교육했다. 형수님은 나를 품에 안아 키우다시피 하였지만, 시동생 대우를 철저히 했다. 내가 말귀를 알아들을 때부터 이승을 떠날 때까지 내 이름을 부르거나 반말을 한 적이 한 번도 없었다. 조카는 나보다 몸집이 작고 걸핏하면 잔병치레를 했다.

고모님 말씀에 의하면 어머니 젖이 나오지 않아 형수님 젖을 많이 먹었다고 한다. 조카가 먹을 젖을 내가 뺏어 먹은 것이다. 그뿐이랴, 영양가 있고 맛있는 음식도 항상 내가 많이 먹지 않았는가. 나는 뻐꾸기 새끼처럼 다른 새의 둥지에서 내 둥지처럼 행세하며 먹이를 뺏어 먹고 포동포동 살이 쪄서 무럭무럭 자라는데 조카는 비쩍 말라 잔병을 달고 자랐으니 형수님 마음이 어떠했을까. 속이 많이 상했을 터이지만 형수님은 조금도 내색하지 않았고 조카에게 더욱 엄격하였다. 돌이켜 보면 조카의 몸이 약한 것은 모두 내 탓만 같다. 나 때문에 받은 스트레스를 감내하느라 얼마나 힘들었을까.

조카가 아프다고 하면 겁이 덜컹 난다. 모두가 내 탓 같아서다. 내가 조카에게 잘하는 것이 형수님에 대한 보답이라 여기고 삼촌 노릇 해보려고 하지만, 조카는 언제나 한발 앞서 나를 예우하고 집안 대소사를 한 치의 틈도 없이 잘도 챙긴다. 조카에게 비하면 나는 늘 깜냥 없는 부족한 사람이다.

선배에게 동태 몸통을 넘겨주고 대가리와 꼬리로 밥을 먹으니 오히려 풍족함이 느껴진다.

바글바글 끓는 냄비 위로 수증기가 뿌옇게 피어오르며 너울너울 춤을 춘다. 뿌연 증기 속에 어머니 같은 형수님의 인자한 미소가 실루엣으로 보인다.

손목시계

천둥지기 다랑논 댓 마지기와 고양이 낯짝만 한 밭뙈기를 처분하고 산골 생활을 청산했다. 산골 사람이 도회지에 가면 눈뜨고 코 베어 가거나, 금니박이들이 하품하다가 금니를 날치기 당했다는 말을 어디선가 들은 터라 대처로 나가는 것이 불안했지만, 어머니는 담담한 표정이었다. 먼 친척 문간방에 둥지를 튼 지 사나흘이 지났다. 어머니는 시장 바닥 한적한 모퉁이에 야채 나부랭이를 펼치고 궁둥이를 디밀었다.

참새도 텃세를 한다고 기존의 노상에서 장사하던 사람은 말할 것도 없고 점포를 가진 사람까지 합세하여 어디서 굴러 온 개뼈다귀냐며 땅벌처럼 공격을 퍼부었다. 무릎 꿇고 자식들 먹여 살려야 한다며 빌 줄 알았는데, 이미 이런 사태가 벌어질 것이라는 걸 예견이라도 하였는지 어머니는 눈도 깜짝 않고 기세등등하게 나왔다. 고성과 삿대질이 오가더니 급기야 머리채를 잡는 사태가 벌어졌다. 누나와 누이동생은 발을 동동 구르며 울었지만 나 역시 할 수 있는 게 없었다. 저고리가 찢기고 손톱에 할퀴어 피가 났다. 어머니는 혼자서 농사를 지은 여장부다. 벼 한 가마니를 머리에 이고 다니는 사람이다. 어지간한 장정만큼 힘이 세다. 댓 명이 합세하여 공격했지만, 어머니가 용을 한번 쓸 때마다 한두 명씩 저만큼 나뒹굴었다. 다리를 절룩거리거나 허리를 감싸고 뒷걸음질 치면서 무슨 여편네가 힘이 황소보다 세다며 혀를 내둘렀다.

어머니가 경우 없는 짓을 해놓고 조금은 미안했는지 우리를 보고 겸연쩍게 피식 웃었다. 난공불락 같은 시장 바닥을 점령하는데 일주일이 채 걸리지 않았다. 야금야금 목 좋은 중앙으로 자리를 옮겨 굴러 온 돌이 박힌 돌을 빼냈지만, 이미 소문이 난 터라 어머니와 맞장 뜨자고 나설 사람이 없었다. 폭력으로 질서를 무너뜨리고 악다구니를 친 것이 마음에 가시가 되어 박힌지라 시장 사람들에게 늘 미안했던 어머니는 궂은일은 도맡아 했고 사죄하는 마음으로 살았기에 나중엔 심성 좋은 사람으로 소문이 났었다.

어머니는 누나와 누이동생은 무수리 취급을 했지만 나는 아들이라는 이유로 왕자 대우를 받았다. 밥그릇에도 내 밥에는 쌀이 섞였지만, 누나와 누이 밥에는 쌀 구경을 할 수 없었고, 팔다 남은 과일을 먹을 때도 흠이 없는 것은 내 몫이고 상처가 있거나 썩은 것은 누이들 차지였다. 나는 무엇이든 배불리 먹었고 걸핏하면 반찬이 없다며 투정을 부렸지만, 누이들은 배가 고파 허덕인 때가 많았다. 어머니의 심한 편애를 누나는 이해했지만, 누이동생은 불만이 많았고, 따라서 누이가 나를 바라보는 눈길은 늘 도다리 눈이었다. 어머니에게 외아들인 나는 꿈이고 희망이며 전부였다. 외부인이나 누이들에게는 억세지만 나에게는 언제나 고분고분하셨다. 내가 온실 속의 꽃처럼 과잉보호를 받고 자란 탓에 무엇이든 내 마음대로 하려는 경향이 있었나보다.

중학생이 된 해, 부잣집 친구가 입학 기념으로 손목시계를 선물 받았다며 자랑하고 다녔다. 세끼 밥 먹는 것도 빠듯한 우리 집 형편으로 시계는 언감생심이었다. 그런데도 왜 그렇게 시계가 차고 싶은지 밥맛을 잃고 몸살이 날 지경이었다. 철딱서니가 없었는지 머릿속과 눈에 보이는 건 모두 시계로 보였다. 삼수갑산을 가더라도 어머니께 졸라야겠다고 마음을 정했다.

"어무이요, 시계 하나 사 주이소."

양말 속에 전구를 넣어 구멍 난 양말을 꿰매던 어머니는 못 들었는지, 들어도 어이가 없어 그랬는지 미동도 없이 양말 꿰매는 일에 열중이셨다. 두 번을 더 말했는데도 대꾸가 없어 어머니 턱밑에 머리를 디밀고 졸라대기 시작했다. 눈에 별이 반짝 빛나도록 내 귀싸대기를 후려치며 고함을 지르셨다.

"니가 허파에 바람이 들었나? 입에 풀칠하기도 어려운데 시계가 머꼬?"

순순히 응해 줄 것이라고는 애당초 생각하지 않았지만, 그렇다고 눈에 불빛이 일도록 귀싸대기를 때릴 줄은 몰랐다. 어머니가 변했다. 예전 같으면 사주지 못해 미안해했을 것이다. 그러다 자꾸만 조르면 빚을 내서라도 시계를 사줄 가능성도 있었다. 그런데 개구리 물 먹다 사레든 소리 하지 말라며 눈을 하얗게 흘기셨다.

어머니 고집은 황소고집이다. 한번 안 된다면 안 된다. 그러나 나는 고래 심줄보다 더 질기다. 한번 한다면 한다. 그날부터 어머니와 나는 전쟁이 시작됐다. 먼저 밥을 안 먹겠다하고 드러누웠다. 어머니가 가장 두려워하는 것이라 지금껏 가끔 써먹은 작전이었다. 아들 몸 상한다며 나를 달래야 예상에 맞다. 그런데 눈길도 주지 않으신다. 약효가 떨어지고 효험이 없어져 버렸다. 누이들을 불러 놓고 내 밥까지 순식간에 먹어치우고 밥상을 치워버렸다. 나는 애가 타고 속이 상해 죽을 지경인데 누이는 뜻 모를 미소를 지었다. 세 끼를 굶고 나니 헛것이 보이려고 하는데 밥상 들고 들어오는 누이에게 내가 들으라는 듯 큰소리로 "바로 안 먹으면 밥상 들고 나와서 너나 먹어라"고 하신다. 총알처럼 일어나서 게 눈 감추듯 먹어 치웠다. 밥 안 먹겠다고 몽니를 부리는 건 어리석은 짓이었다. 투쟁 목록에서 밥 안 먹기는 빼버렸다. 무엇보다 어머니가 나를 움딸 보듯 하고 냉정하게 변한 것이 슬프고 두려웠지만, 투쟁은 계속되었다. 불러도 대답 안 하기, 심부름시켜도 거부하기, 늦은 시간 귀가하기 등으로 어머니 속을 태웠다. 어느 날 어머니가 부엌에서 생 갈치를 다듬고 계셨는데 내가 옆에 앉아 시계 타령을 하고 있었다. 화가 난 어머니가 갈치 씻은 물을 내 얼굴에 부어버렸다. 지독한 비린내에 계모라도 이러지는 않을 것이라 생각되어 엉엉 울었다.

다음날 어머니에게 반격을 개시했다. 부엌칼과 도마, 연탄집게와 반짇고리 등 매일 사용하는 도구들을 감춰놓고 어머니 속을 태웠다. 판자로 얼기설기 엉성하게 만들어진 공동화장실에 어머니가 들어가 앉자마자 내가 문을 열어젖혔다. 마침 햇빛이 화장실 안을 환하게 비췄다. 하얀 어머니 엉덩이가 보였고, 당황하여 어쩔 줄 몰라 했다. 손님이 없을 때는 늘 피리를 불던 이발소 쌍둥이 아버지의 피리 소리가 멈추고, 징을 치며 굴뚝 청소를 하러 다니던 아저씨도 걸음을 멈추었다. 어머니 엉덩이를 보고 키득거렸다. 그날 저녁 보리타작을 하듯 싸다듬이를 당했다. 옷이 젖도록 식은땀을 흘리고 헛소리를 해대는 바람에 어머니가 놀라서 눈물까지 흘리며 의사가 왕진을 오는 소동이 벌어지고서야 어머니가 항복 문서에 서명하셨다. 꿈에서도 그리던 중고 손목시계가 내 왼팔에 매달렸다. 곤장 백 대에 버금가는 맷값이었다. 영롱한 청람색 바탕에 초침이 움직일 때마다 내 가슴이 뛰었다. 니켈 도금한 시곗줄이라 약간 벗겨지기는 했지만, 백금인 냥 윤이 났다. 왼팔 소매를 걷어 올렸다. 쓸데없이 이마를 만지고 턱을 쓰다듬었지만, 누구 한사람 몇 시쯤 되었는지 물어보는 사람이 없어 야속한 마음마저 들었다. 밤이 되어 잠을 자야겠는데 시계를 안전하게 둘 곳을 정하지 못해 누웠다가 일어났다가 잠을 이룰 수가 없었다. 도둑이 훔쳐갈 것 같아서였다. 책상 서랍 속에 넣었다가, 베개 속에 넣었다가, 안 쓰는 장독 속에 넣었다가, 천 조각에 싸서 요강 옆에 놓아도 불안하긴 마찬가지였다. 결국, 부엌 선반 위에 있는 이빨 빠진 뚝배기 속에 넣고서야 잠을 잤다. 시계를 산지 이레쯤 되는 날 드디어 친구가 시간을 물어보았다. 손을 높이 치켜들었다가 폼을 잡으며 시간을 알려주니 녀석이 눈을 멀뚱거리다가 오포(정오를 알리는 사이렌) 분지가 언제인데 열한 시 반이냐 하면서 엉터리 시계를 찼다며 동네 아이들에게 소문을 내고 다녔다. 시계가 섰다가 갔다가를 반복하는 바람에 불안해서 시계를 찰 수가 없었다.

시계를 판 할아버지에게 갔더니 시계를 두고 갔다가 사흘 후에 오란다. 사흘 후에 문이 닫혀있었다. 열흘 후에도, 달포 후에도 할아버지는 나타나지 않았다. 반세기가 지난 지금까지도 할아버지는 나타나지 않았다. 그 시계가 어떤 시계인데…….

시계를 보면 약속한 할아버지도 생각나지만, 어머니가 생각나서 눈물이 난다.

돼지꿈

신라 김유신 장군의 누이동생 보희는 남산에 올라 오줌을 누었는데 서라벌이 온통 오줌에 잠기는 꿈을 꾸었다. 망측하고 꺼림칙하여 동생 문희에게 비단 치마를 받고 꿈을 팔아버렸다. 문희가 통찰력이 있었는지 후에 신라 29대 임금인 김춘추의 황후가 되었으니 크게 남긴 장사임이 틀림없다.

내 어머니가 나를 임신할 무렵 꾼 태몽은 산과 들은 물론, 보이는 곳은 모두 주렁주렁 달린 황금 고추밭이었다고 한다. 어머니도 보희처럼 이모님께 겉보리 서너 말 받고 꿈을 팔아버렸는지 이종사촌들은 승승장구하는데 내 삶은 팍팍하고 궁상스럽다.

초등학교 2학년쯤, 선생님은 아이들을 한 명씩 일어나게 하여 앞으로 꿈이 무어냐고 물었다. 시장이나 군수, 그리고 사장이나 육군 대장이 되겠다는 아이들이 많았지만, 간혹 대통령이 꿈이라고 말하는 아이도 있었다.

내 차례가 되었다. 나는 망설이지 않고 기차를 운전하는 기관사가 되는 것이 꿈이라고 했다. 아이들이 까르르 웃었다. 고작 꿈이 그 정도 밖에 안 되느냐는 비웃음이었다. 비웃거나 말거나 내 꿈은 기관사였다. 얼굴에 석탄가루가 군데군데 묻긴 했지만 공군 조종사들이 끼는 검은 안경을 끼고 모자가 바람에 날릴까 봐 모자 끈을 턱에 건 채 천정에 달린 줄을 당기면 하얀 수증기가 솟구치며 기적을 울리는 그 모습은 멋을 넘어 환상적이었다. 기관사가 되겠다는 꿈은 한 해가 지나기 전에 교통경찰이 되겠다며 마음을 바꾸었다.

겨울방학 때 서울에 사는 누님 댁에 놀러 갔었다. 그때 매형의 직업은 시내버스 운전기사였다. 내가 맨 앞자리에 타고 온종일 같은 코스를 왔다 갔다 했지만, 서울 구경이 재미있었다. 많은 사람이 발은걸음을 걷거나 달팽이 걸음을 걷는 것도 그렇지만, 울긋불긋 천태만상의 모습이 촌놈 눈으로는 생경해 보였다. 무엇보다 차장 누나가 사주는 국화빵과 왕사탕 같은 주전부리의 재미가 쏠쏠했다.

그런데 갓길에 차를 세운 매형이 무엇을 잘못했는지 교통경찰에게 연거푸 굽실거리며 떳떳하지 못한 웃음을 짓고 있었다. 매형은 내가 제일 무서워하는 사람이고 누나도 꼼짝 못하는 호랑인데 교통경찰 앞에서는 고양이 앞에 쥐와 같았다. 내 꿈이 기관사에서 교통경찰로 바뀐 이유가 여기에 있었다.

중 고등학생이 되곤 또 꿈이 바뀌었다.

내가 결혼하면 나탈리 우드 같은 예쁜 여자와 결혼하는 것이 꿈이었다가 제대를 하고 나서는 직장을 구하는 것이었고, 직장에 다니고는 상무, 전무, 사장되는 것이 꿈이었다. 결혼을 하고 부터는 전셋집을 벗어나 오두막이라도 내 집을 장만하는 꿈 하나가 더 생겼다. 집 주인의 유세가 심해서 몇 개월 만에 이사를 한 적이 여러 번 있었다. 꿈도 세월이 가면 빛이 바래나보다. 찬란했던 꿈은 누더기가 되고 낙엽이 되어 바람에 흩날렸다.

큰아이가 학교에 갈 나이가 되었지만 셋방살이를 면치 못했었다.

구정이 막 지난 어느 토요일, 저녁 먹은 식곤증에 벽에 기대앉은 채로 잠이 들었다. 황소만 한 돼지가 새끼를 데리고 대문을 들어서는데 숫자를 헤아릴 수 없을 만큼 계속 들어오고 있었다. 부엌에도 들어차고 주인집 현관으로도 밀려들고 있었다. 대문 밖으로 나와 보니 돼지들이 떼로 몰려와서 강성 농성 자들 같이 와글와글 소란스러웠다. 어쩌다가 잠이 깼는지는 가물거리지만 예사롭지 않은 꿈이었다. 눈을 감은 채로 해몽을 해보았지만, 불길한 징조는 아닌 것 같았다.

지금껏 꾼 꿈 중에 물을 보거나 물에 빠지는 꿈을 꾼 날은 단 한 번도 어긋난 적이 없이 만취가 되었었다. 내 꿈이 신통한 데가 있다고 여러 번 생각했었다. 머리를 퍼뜩 스치고 가는 것이 있었다. 직장 동료가 돼지꿈을 꾸고 복권을 샀는데 2등에 당첨되어 장충동 돼지 족발 집에 가서 혀가 꼬이고 다리도 꼬여 비틀거리다가 콧잔등이 깨지도록 얻어먹은 생각이 났다.

그때 생각이 선명해지자 이미 복권 1등에 당첨되어 부자가 된 기분이었다. 내 콧잔등이 깨지도록 술을 사준 그 동료가 이제 코가 깨질 차례였다.

아내에게 가진 돈 모두 내놓으라고 윽박질렀다. 한 달 후 아이 학교 갈 때 가방 사고 새 옷 한 벌 사 입히려고 장롱 속 깊이 넣어 둔 돈까지 챙겼다. 아내에게 받은 돈만큼만 사야 옳았는데 내일 조카 결혼식에 갈 축의금까지 몽땅 털어 주택 공사에 투기할 참이었다. 급히 나가는 나를 불러 세워 어디 가느냐고 물었지만 꿈 이야기를 미리 하면 복이 달아난다는 설이 있어 입을 다물었다. 9시가 넘은 시간에 뛰쳐나가니 아내가 불안한 얼굴로 바라보았다.

고샅길을 댓바람에 내달려 택시를 타고 신촌 로터리에서 내렸다.

정월 달 고추바람이 목덜미를 파고들었지만 아랑곳하지 않았다. 복권 파는 가게를 찾아야 하는데 늦은 시간이고 추운 겨울이라 문을 일찍 닫아버렸다. 돼지꿈의 유효 기간은 오늘이다. 무슨 일이 있어도 오늘이 지나기 전에 복권을 사야 했다. 로터리 주위를 두 바퀴 돌았지만, 비 내리는 무싯날처럼 칼바람만 춤을 추고 있었다. 이대로 집으로 돌아갈 수는 없어 신촌역 쪽으로 뛰었다. 돼지가 물고 온 황금 덩어리를 강물 속에 던져버릴 수는 없었다. 역 앞 복권 가게가 문을 닫는 모습이 어둠 속에 어룽어룽 거려 황소숨을 몰아쉬며 내달려 투레질 같은 소리로 동작을 멈추게 했다.

한 달 월급에 버금가는 거금을 쏟아 부었다. 속살까지 파고드는 칼바람이 부는데 이마에 송골송골 땀방울이 맺혔다. 상의 안주머니가 복권으로 불룩해졌다. 그때야 맨발에 슬리퍼를 신고 나왔음을 알았다. 발이 시려 송곳으로 찌르는 것처럼 아팠지만, 마음은 숯가마 같았다.

아내가 대여섯 번도 더 물어보았지만 부정 탈까 봐 밖에 나갔다 온 일을 끝내 말하지 않았다. 99퍼센트 1등에 당첨된 것 같아 구름 위에 둥둥 떠 있는 기분이었다. 당첨금 타러 갈 때 입을 양복과 넥타이도 마음속에 정해 두었고, 혹시 기자가 인터뷰를 요청하면 대답할 말도 암기해두었다. 아내에겐 김중배가 심순애에게 사준 것보다 큰 다이아몬드 반지를 사줄 참이었고, 나는 철 따라 입을 양복과 에스콰이어 구두 몇 켤레를 점찍어 두고 김칫국을 홀짝거리며 지레 뜸을 하고 있었다. 하루살이 날구지 하듯 오두방정을 떤 탓일까.

며칠 후 아내가 입을 비틀며 눈을 치켜떴고 나는 망연자실했다. 조금 무리를 하더라도 애옥살이는 여기서 끝내려고 욕심을 부린 것이 탈이었다. 이젠 박수무당이 권해도 복권은 사지 않는다. 꿈이란 가까이에 있어 가슴에 품을 수 있고 손으로 잡을 수 있을 것 같지만, 은하수보다 먼 곳에 있는 것이 꿈이다. 꿈은 언제나 나에게 실망을 주지만 그래도 나는 꿈이 있어 삶이 즐겁다. 수면 중의 꿈이든 미래의 꿈이든 많은 꿈을 꾸고 싶다. 비록 호접몽胡蝶夢을 꾸더라도.

우리 가시버시의 일상

나를 어렴풋이 아는 사람이나 배꼽 밑부터 오장육부까지 속속들이 아는 사람도 나를 평가할 때는 극명하게 두 부류로 나뉜다. 내가 들어도 얼굴이 붉어질 만큼 부풀리기를 심하게 하는 사람은 도회지 시궁창에서 흘러온 물이거나 깊은 산속 옹달샘에서 흘러온 물이거나 따지지 않고 모두 포용하는 바다 같은 사람이라고 말하는 부류가 있고, 융통성이라곤 가물치 콧구멍만큼도 없는 꽉 막힌 속 좁은 사람이라고 말하는 사람도 있다. 좋게 말하는 사람은 나와 가까운 사람이고 안 좋게 말하는 사람은 아내와 가까운 사람이다.

우리 가족은 모두가 아내와 가깝다. 아내는 기회가 있으면 나를 할퀴고 틈만 나면 꼬집어 비튼 탓이다. 그럼에도 혹자는 우리 가시버시를 비익조에 비유하는 사람이 있는가하면, 또 다른 이는 혹자의 말을 얼토당토않다고 말하는 사람도 있다. 누구의 말이 옳은 지

잘라 말할 수는 없지만, 사실은 아내와 나는 걸핏하면 티격태격 거린다.

아내는 나를 밴댕이 속을 가진 사람이라고 시비하면 나는 아내를 청개구리 심보를 가진 여자라고 맞받아친다. 삼복더위에는 입술에 묻은 밥알도 무겁고 코끝에 앉은 파리 쫓는 일도 힘들다. 움직이는 것이 귀찮아 집에서 수박 한통 잘라놓고 돗자리 위에 누워 부채질이나 하며 쉬고 싶었다. 스님 정수리가 벗겨질 만큼 뙤약볕이 내리쬐는 날, 싫다는 나를 기어코 일으켜 세워 송아지 끌고 가듯 처제 생일 턱에 참석하러 가는 길이었다. 나는 잰걸음으로 걷는 편이고 아내는 달팽이 걸음을 걷는 탓에 우리는 남남처럼 언제나 멀찌감치 떨어져서 다닌다. 가끔 아내는 나와 보조를 맞추려고 종종걸음을 치지만 이내 헉헉거리며 누가 잡으러 오느냐고 앙탈을 부리면 나는 길바닥에 지갑이 떨어졌을까 봐 아래위를 훑고 다니느냐며 빈정거린다. 뒤따르는 아내는 늘 입을 삐죽거리며 가자미눈으로 내 뒤통수를 흘기며 다닌다.

내가 수술을 여러 번 받은 영향인지 소변보는 횟수가 많아졌다. 영등포역 못미처서 소변이 마렵기 시작했는데 개봉역에 도착하니 매우 급한 상황이 되었다. 예전엔 소변보고 싶은 마음이 생기고 삼십 분도 참고 한 시간도 참았지만, 지금은 조금만 지체해도 낭패를 보는 경우가 있다. 전철 문이 열리자마자 화장실을 향해 냅다 뛰었다. 젊은 사람도 잘 하지 않는 두 계단을 한달음에 뛰어올랐다. 다행히도 변기 앞에는 한두 명씩만 줄을 서 있었다. 급할 때는 줄을 잘 서야 한다. 젊은 사람 뒤에 서는 것이 유리하다. 나이가 많을수록 동작이 굼떠서 지퍼를 내리고 올리는 시간에 젊은이는 끝내버린다. 고등학생 뒤에 서는 행운을 얻어 시원하게 해결하고 여유작작하며 나왔다.

화장실 부근에 기다리고 있을 줄 알았던 아내가 보이지 않는다. 전철 안에 사람이 많아 작은 소리로 '화장실' 이라고만 했는데 알아들었는지 못 들었는지 아리송하다. 아내도 화장실에 갔나 보다 하고 한참을 기다렸지만, 아내는 보이지 않았다. 그렇다면 마을버스 타는 정거장에 있겠거니 했는데 이곳에도 보이지 않는다. 땡볕에 이리저리 찾다 보니 땀이 줄줄 흘렀다.

버스종점이라 여러 대의 차량에서 뿜어져 나오는 매연 탓에 눈이 따갑고 숨이 막힐 지경이었다. 등줄기에 땀방울이 흘러내리기 시작하면서 슬슬 화가 나려고 했지만, 화장실 간다는 언질을 확실하게 주지 못한 것 같고 또한, 처가 쪽에 오는 길이라 아무렇지도 않은 양 인자한 표정으로 10분을 넘게 기다렸다. 평소 같으면 울뚝밸을 부렸을 테지만 아량이 넓은 척 한 것은, 마누라 때린 날 장모 온다는 속담이 생각났기 때문이었다. 처제 생일 턱에 와서 싸운 티를 내서야 되겠는가.

사람이 머리가 나쁘면 몸이 고달프다더니 손 전화를 두고 왜 이리 미련스러웠는지 모를 일이다. 휴대전화기를 꺼내 폴더를 열려는 순간 진동으로 해둔 전화기가 악을 쓰듯 바르르 떨었다. 내가 고함을 지르려고 벼르고 있었는데, 전화기 속에서 다짜고짜로 "어디 있어요?" 하는 앙칼진 목소리에 고막이 터질 뻔하였다. 아내는 지독한 길치에다 방향감각마저 없어 어디로 뛸지 모르는 개구리와 럭비공 같은 존재다.

처제 집으로 가려면 남쪽 광장으로 나와서 버스를 타야 하는데 북쪽 광장으로 나가서 나를 찾은 것이다. 한두 번 왕래했다면 헷갈릴 수 있겠지만 수십 번을 왔다갔다 해놓고, 엉뚱한 곳에 가서 사람을 찾게 만들었다. 그래 놓곤 되레 도둑놈이 짖는 개 나무라듯 하고 되술래잡기를 하니 내가 어이가 없어 콧방귀를 뀌었다.

외출이나 여행할 때 아내를 잃어버려 낭패를 당한 적이 한두 번이 아니었다. 삐삐나 핸드폰이 없던 시절 단체로 단풍 구경을 갔었다. 어찌나 사람이 많은지 사람멀미를 할 지경이었다. 일행들 놓치지 않도록 정신 바짝 차리라고 댓 번도 더 일렀건만, 아내가 또 먼눈을 팔다가 어디로 휩쓸려갔는지 보이지 않았다. 인산인해의 광장에서 운 좋게도 큰 고생하지 않고 찾았지만, 일행 모두가 가슴을 쓸어내리는 소동을 벌렸었다. 그때도 나에게 마누라 챙기지 않고 도망가듯 했다며 달팽이 딸꾹질하는 소리를 했지만, 내가 치맛자락을 잡고 다니지 않은 잘못이 있다 싶어 꼬리를 내렸었다.

나에게 악다구니를 쓸 일이 아닌데 악을 써놓고 염치없으니까 입이 다섯 치나 튀어나왔다. 튀어나온 입에 주전자를 걸어도 되겠다.

"집어넣지 그래, 당나발처럼 내밀 상황이 아니잖아?" 하면서 뒷감당은 생각지 않고 약을 슬슬 올렸지만 대꾸도 않고 고개를 외로 꼬았다. 내가 말도 없이 사라졌다고 제 딴에는 약이 많이 오른 것 같다.

아무 일도 없었던 것처럼 아내는 칠면조가 되고 나는 카멜레온이 되어 처제 내외와 유쾌하고 즐겁게 시시덕거리며 식사를 했다. 아내는 내 의사와 관계없이 더위가 비켜 가면 바닷가나 강가에 바람이나 쐬러 가자며 갖바치 약속하듯 처제와 약속까지 했다.

처제와 헤어지고 오면서 아내의 얼굴을 힐끔 쳐다보니 어느새 돌변하여 아까보다 입이 한 치는 더 튀어나왔다. 아내가 입을 내밀면 주부의 의무를 팽개치겠다는 일종의 선전포고다.

평화가 이루어질 때까지 남편에 대한 서비스가 잠정 중단된다. 서비스 속에는 묵언과 식사 제공이 포함되어 있다. 주부가 입 닫고 밥 안 주면 전쟁은 하나 마나다. 바로 호락호락 백기를 들면 조금은 체면 손상이 되는 것 같아 하루나 이틀 정도, 때로는 사나흘 버텨보지만 결국 항복 문서에 서명할 수밖에 없다.

항복하기 전, 유용한 히든카드를 찾아보지만 젊을 때 효험이 있던 명령은 약효가 떨어진 지 오래 되었다. 어금니 빠진 사자 신세가 되고 보니 아내는 말할 것도 없고, 아이들에게도 영(令)이 서지 않는다.

세월이 권력의 줄기를 바꾸어 놓은 탓이다. 젊을 때 큰소리쳤거나 삼시 세끼니 챙겨 먹는 삼식이 일수록 주눅이 들어 살아야 한다. 생각해보니 아내 입이 당나발이 된 것은 확실한 언질을 주지 않고 자취를 감춘 내 탓이 크다. 오늘은 비익조에 비유하는 사람 때문에 바로 꼬리를 내려야겠다.

어머니의 단상

해 뜰 참에 동쪽으로 난 창문을 여니 간밤에 내린 폭설로 불곡산이 하얀 상복喪服을 입은 듯하다. 정월 북풍한설에도 독야청청한 적송이 비탈에서 쓸쓸히 떨고 있는 나목에게 아침 인사를 건넨다. 평소 같으면 여명이 밝아 오기 전부터 도란도란 이야기를 나누며 불곡산을 오르는 사람이 제법 많았는데 오늘은 눈 때문에 사람의 그림자도 안 보인다. 때로는 소란스러움에 잠이 깨어 짜증이 나는 날도 있었지만, 오늘처럼 이렇게 적막하니 더욱 을씨년스럽다. 싸락눈이 흩뿌리는데 등성이 너머 까마귀 우는 소리가 꺼림칙하다.

내가 어머니께 생각 없이 불쑥 내뱉은 말이 어머니가 이승을 하직할 때 인사말이 되고 말았다. 불현듯 어머니가 그리울 때면 불손하고 모지락스럽게 한 말이 회한으로 남아 가슴에 못이 되었다. 어머니는 이승을 하직할 날과 시간을 예견하고 있었던 것 같다.

신정 연휴가 끝나는 날 친구들과 술을 마시고 늦게 귀가했다. 평소처럼 문이 열려있는 어머니 방을 향해 "다녀왔습니다." 하고 의례적인 인사만 한 채 내 방으로 들어왔다. 취기가 있긴 했지만, 어머니의 대답을 들었는지 못 들었는지 기억이 없다. 어머니는 늘 "오냐, 애썼다 피곤할 테니 어서 가서 쉬어라." 아니면 "그렇게 오만 날을 취해 다니면 네 아버지처럼 오래 못산다." 하시며 지청구가 있었을 것이다. 아마도 대답 들을 마음이 없어 기다리지 않고 냉큼 들어와 버렸는지 모른다.

잠이 들었다. 꿈결인 냥 아련하게 어머니가 내 이름을 부르는 것 같다. 어머니는 평소 내 이름을 부르지 않고, 큰아이 이름을 부르거나, 아범아! 하고 불렀는데, 지금은 내 이름을 부른 것이다. 겨울바람에 창문이 덜컹거려 귀를 세웠다. 분명히 어머니 음성이었다.

그때 어머니는 일 년 넘게 아랫목에 자리 보존하고 있었는데 기적처럼 일어나 벽에 등을 기대고 앉아 있었다. 술이 덜 깨고 잠도 덜 깬 채 어머니 방에 찡그린 얼굴을 디밀었다. 어머니는 미소를 머금은 듯 편안하고 밝은 표정으로 나를 한참 빤히 바라보고만 계셨다. 내가 신경질적으로 말했다. "왜요?" 남은 힘을 다하여 나를 여러 번 부른 탓에, 그리고 앉아 있는 것이 힘든 탓에 겨우 말씀하셨다.

"내가 배가 고프구나. 먹을 것 좀 다오."

그때가 새벽 2시쯤이었다. 내가 또 신경질을 부렸다.

“배가 고파도 조금 참으셔야죠! 새벽녘인데 자는 사람 깨우고 그러세요?”그렇게 소리 질러놓고, 개다리소반에 오렌지 주스 반잔과 우유 반 잔, 그리고 카스텔라 한 조각을 갖다드리고 와서 침대에 누웠다. 가만히 생각해보니 내가 불경스러운 행동을 해서 잠이 오지 않았다. 공손하게 갖다드리고 짧은 시간이라도 옆에 앉아 팔다리를 주물러드리면서 오순도순 곰살맞게 하고 나왔어야 옳았다. 술이 깨고 잠도 깨버렸다.

평소 내가 말을 함부로 한다며 아내와 다투기도 더러 했었다. 철이 없을 때는 어머니 속상하게 하는 것을 재미삼아 했지만, 철이 들고 부턴 어머니가 속상하지 않도록 조심했었는데 왜 그리 모진 말을 했는지 모르겠다. 이리저리 뒤척거리다 보니 두어 시간이 지난 것 같다. 아무래도 어머니께 내가 잘못했다고 사과하고 용서를 구한 후에 잠을 자야 옳을 것 같았다.

갖다드린 개다리소반은 그 자리에 있었고, 주스와 빵도 그대로 있었다.

“어머니! 제가 마음에 없는 말을 했습니다. 죄송합니다. 배가 고프시다더니 왜 안 잡수셨어요?”

어머니는 벽을 지고 또 다른 벽에는 머리를 기댄 채 움직이지도 않고 대답도 없으셨다. 앉아서 잠이 들었나 싶어 어깨를 흔들며, “편안하게 누워서 주무세요.”했는데, 어머니는 등걸처럼 힘없이 쓰러지셨다. 흔들어도 불러도 미동이 없으셨다. 이미 체온이 싸늘해져 있었다. 하늘이 무너지고 땅이 꺼진다는 말은 이런 때 하는 것 같았다. 풀썩 주저앉아 짐승처럼 소리 질렀다.

"어머니 잘못했습니다. 어머니 잘못했습니다."

하도 어처구니가 없어 눈물도 나오지 않았다. 어머니에게 나는 전부였고, 당신의 목숨보다 더 귀한 존재였다. 어머니는 내가 존재하는 것만으로 행복해하셨다. 주위에선 수절한다고 국가에서 상 줄 것도 아닌데 왜 생고생을 하고 사느냐며 재가하라는 사람이 많았지만, 어머니는 나를 지아비처럼 의지하며 험한 세상을 과수댁으로 살아낸 것이다.

북쪽으로 난 창문으로 찬바람이 밀려왔다. 어머니는 동지섣달에도 창문과 출입문을 열어 놓고 지내셨다. 애타도록 그리운 사람이 있거나 고독한 사람은 창문을 열어놓고 산다고 했다. 어머니는 열린 창문으로 어디론가 하염없이 바라보고 서 있는 모습을 심심찮게 보았지만, 그것이 외로워서 그런 줄을 몰랐었다. 자식이 있고 손자가 있는데도 외롭게 내버려둔 내가 밉다. 오히려 창문을 열어 도시가스 요금 많이 나올 것이 걱정되었지 어머니 속이 허한지도 모른 내가 바보라서 너무 밉다. 스테인리스강으로 만든 싸늘한 염단殮壇 위에 어머니를 눕혔다.

나를 편안하게 해주려고 장롱 속에 수의와 영정 사진까지 준비해 놓으셨다. 나이 지긋한 사내와 젊은 청년이 비닐 앞치마를 입고 어머니 옆에 마주 섰다. 두 사내 입에서는 술 냄새가 확 풍겼다. 엄숙

한 자리에서 중요한 일을 할 사람들이 술 냄새를 풍겨서 되겠느냐고 한마디 하려다가 동티가 날까 참았다.

거즈와 솜에 알코올을 듬뿍 묻혀 어머니 몸을 닦았다. 한 사람은 샴푸로 머리를 감기고 곱게 빗겨 분을 바르고 눈썹도 그렸다. 저승꽃이 군데군데 피었지만, 새색시처럼 곱게 보였다. 사내들은 마치 장난감을 다루듯 순식간에 수의를 입혔다. 출렁거리던 가슴은 바람 빠진 풍선이 되었고, 장정같이 튼튼하던 팔다리는 피골이 상접하다. 어머니 몸에 있는 영양분을 내가 다 파먹은 탓이다. 어머니의 뼈는 내 육신의 뼈가 되었고, 어머니의 살은 내 몸의 살이 되었다. 아낌없이 퍼주고 빈껍데기만 남은 채 누워있는 어머니는 낯선 사람처럼 왜소하다.

두 사내가 어머니 몸을 들썩거릴 때마다 삼베 끈을 집어넣고 발목과 무릎을 묶었다. 두 사람의 콤비네이션이 어찌나 잘 맞는지 현란한 마술사 같았다. 허리와 가슴 등 여섯 군데를 묶고 마지막 한 곳만 남겨 놓았다. 노잣돈을 넣으라고 했다. 그리고 10원짜리 동전 한 개를 상주인 나에게 요구했다.

저승 갈 때 노잣돈이라며 동전을 어머니 입에 물리고 삼베 두건을 어머니 머리에 씌워 마지막 일곱 마디를 묶었다. 결국, 어머니는 10원짜리 동전 한 닢만 입에 물고 저승길에 나섰다.

아옹다옹하지만, 세상만사 모두 다 두고 떠나기에 수의에는 호주머니가 없나 보다. 어머니는 마른 집단처럼 갭직하게 들려 관 속에 누웠다. 관 뚜껑을 닫고 못을 치려는데, 훌쩍거리며 서 있던 누님과 누이가 통곡했다. 생피를 쏟을 것처럼 슬피 울었다. 곡비哭婢보다 더 구슬피 우는 바람에 아내도 울고 아들도 따라 울었는데 나만 울지 않았다. 왜 그런지 눈물이 나지 않았다.

울음을 그친 누이가 멀뚱하게 서 있는 내게 못마땅한 듯 눈을 흘겼다. 병치레하는 어머니를 모시기 싫었는데, 앓던 이가 빠진 것 같으니까 눈물이 안 나오는 것 아니냐고 짐작하는 것 같아 괜히 가슴이 뜨끔했다. 아니라고 정말 아니라고 말하고 싶은 심정이었다. 관 뚜껑에 박히는 못이 내 가슴에 박히는 것 같았다.

화장장 전광판에 어머니 이름과 내 이름이 선명하다.

고인 란에 어머니 이름과 상주 란에 내 이름이 노란빛을 발하고 있는 걸 보니 이게 꿈이 아니고 생시인가 싶었다. 삶과 죽음의 경계가 이렇게 가까이 있을 줄 미처 몰랐다. 어머니 육신은 한 줌 재로 변해가고 영혼은 저승길에 들어섰을 것이다. 당신 몸보다 더 귀한 아들과 영원한 이별의 시간이 다가와서 얼굴 한 번 더 보려고, 아들이 주는 음식으로 허기를 채우고 먼 길 떠나려고 했는데, 아들에게 모진 말을 들어서 얼마나 섭섭하고 발길이 무거우실까. 애통하고 또 애통하다.

내가 초등학생일 때 장티푸스, 흔히 말하는 염병을 앓았다. 집 주위에 새끼줄이 처지고 사람들의 출입을 막았다. 그때는 전염성도 높았고 치사율도 높았다. 어머니는 장사를 팽개치고 내 간호에 모두를 바치셨다. 애간장이 다 녹도록 정성을 쏟았지만, 차도가 없이 위험 경계선을 넘나들었다. 그러던 어느 날 나는 피를 쏟았다. 입으로 코로 구멍이 뚫린 곳은 가리지 않고 피가 쏟아졌다. 방바닥이 솟구친 피로 강을 이루었다. 그리고 몸이 백지처럼 하얗게 변색하여 혼절하고 말았다.

용하다는 의사가 왕진하여 고개를 흔들었고 나는 윗목으로 옮겨져 홑이불로 덮였다. 날이 새면 가마니에 둘둘 말아 뒷산에 파묻을 참이었다. 신은 언제 어디에나 있을 수 없기에 대신 어머니를 만들었다고 한다. 그래서 어머니는 미련을 버리지 못했고 희망을 잃지 않았다. 나를 무릎 위에 누이고 보리차를 끓인 미지근한 물을 한 방울씩 목구멍에 떨어뜨리셨다. 지성이면 감천이라 했던가. 기적이 일어났다. 어렴풋이 의식이 들었고, 어머니 냄새가 났다.

나는 머리가 아프거나 배가 아플 때, 그리고 배가 고플 때도 어머니 젖 냄새를 맡으면 배가 고프지 않았고, 어머니 냄새를 맡으면 아프지 않았다. 어머니는 정이 많은 사람이다. 또래의 할머니들께도 정이 넘쳤다. 경로당 할머니 중에는 생활이 어려운 분이 여럿 있었다. 아들과 며느리가 직장에 나가면서 문을 잠그고 출근하기 때문에 점심 거르는 건 다반사고 늦게 퇴근하는 날이면 계단에 쪼그리고 앉아 추위에 떨면서 속절없이 기다려야 했다.

이런 사실을 전해 듣고 어머니는 마음 아파하시며, 어느 날부터 할머니 두서너 분씩 집으로 모시고 오셔서 저녁밥을 드리고 잠도 같이 주무시는 날이 허다했다. 그랬기에 어머니를 태운 영구차가 떠날 때 영구차를 부여잡고 손수건이 젖도록 목 놓아 우는 할머니가 여남은 명이 있었다. 어머니는 한 줌 재가 되어 옥 항아리에 담겨 내 품에 안겼다. 항아리는 생전의 어머니 품속같이 따뜻했다.

어머니가 정말로 세상에 없다는 것이 실감 났다. 나오지 않던 눈물이 걷잡을 수 없이 쏟아졌다. 영생관으로 오르는 계단이 눈물에 가려 보이지 않았다. 소리 내어 통곡하고 싶었지만 그럴 수 없었다. 가족 모두가 따라 울 것 같아서다. 어머니에게 잘못 한 것만 주마등처럼 스쳐 갔다. 참다가 어찌할 수가 없어 계단에 주저앉아 통곡하고 말았다.

어머니는 하늘에서 붉은 노을이 되셨나 보다. 때로는 뜬구름이 되고 바람이 되어 늘 내 곁에 계시는 것 같다.

3. 나이 값

고개 숙인 남자

"당신은 유통기한 지난 꽁치 통조림 같은 사람이야, 옆구리가 터져 반품도 안 되는 폐품이라고요."

너무 익어 물컹한 오이지에서 군내와 새척지근한 냄새가 코를 찔러 입맛이 싹 가신 터에, 밥상머리에 바짝 붙어 앉아 파리채를 휘두르며 불쑥불쑥 내뱉는 아내의 군소리가 염장을 질러댄다. 창수는 숟가락을 소리 나게 놓으며 눈을 가늘게 뜨고 눈썹춤을 추었다. 때와 장소를 가리지 않고 노골적으로 자존심을 후벼 파는 아내에게 따끔한 한 마디를 해주려다가 참았다. 사실은 틀린 말이 아니기도 했지만, 자칫 잘못 건드렸다간 벌집을 쑤신 듯이 소란스러울 게 뻔했기 때문이었다. 창수는 정년을 3년 남겨두고 지병인 당뇨와 고혈압이 악화하여 조기 퇴직하였다.

서너 달 넘게 입원 치료를 받다가 조금 호전되어 통원 치료를 받는지가 두어 달이 되었다. 요즘은 건강이 회복되어 용돈도 벌 겸 운동 삼아 동네 주유소에서 아르바이트로 일한다. 솔직히 말하면 돈을 번다거나 운동은 핑계이고 마누라 잔소리가 듣기 싫어 피신했다는 말이 맞다. 과로하면 안 된다고 했지만, 차들이 한꺼번에 몰려와서 이리저리 뛰어다니다 보면 정신이 하나도 없고 다리가 허정거렸다.

밥 때를 조금만 놓치면 당뇨 때문에 어지럼증이 생겨 넘어질 뻔한 적이 여러 번이었다. 굿 끝낸 무당처럼 초주검이 되어 귀가하는 날이면 아내는 영락없이 립스틱 짙게 바르고 잠자리 날개 같은 야한 잠옷을 걸친 채 공포의 미소를 짓는다. 겁을 주더라도 밥상이나 물린 후에 그랬으면 좋으련만, 궁둥이에 잠옷이 끼인 줄도 모르고 설레발을 치는 바람에 몸과 마음이 연탄불 위에 오징어처럼 쪼그라든다.

미리 놀라서 번데기가 되었는데 어쩌란 말인가. 비아그라가 효험이 있었다면 한꺼번에 두서너 갠들 못 먹겠는가. 새우처럼 등을 굽혀 돌아누우면, 아내도 돌아누워 청개구리 이슬 먹다 아래턱 빠지는 소리를 하고 있다.

칠천만 한민족이 달라붙어 일으켜 세워도 안 서는 사람이라는 둥 고자하고 사는 년 속을 이해하겠다는 둥 산 년이나 죽은 년이나 다를 게 없다는 둥 생과부가 따로 없다는 둥 팔자타령을 하는 날이면 창수는 밖으로 뛰쳐나가고 싶은 충동을 느끼곤 한다.

창수가 지천명을 훌쩍 넘겨 중반일 때만 해도 변강쇠 뺨을 좌우로 칠 만큼 정력이 좋았다. 이삼십 대 활력을 그대로 가지고 있었다. 퇴근해서 밥상 앞에 먼저 앉는 숫자보다 아내의 손을 이끌고 침대로 먼저 가는 횟수가 많았다. 티브이를 보거나 차를 마시다가도 아내의 허리를 감았고, 밥하는 아내를 안고 뒹구는 바람에 밥을 태운 적이 한두 번이 아니었다. 퍼내고 퍼마셔도 쉼 없이 솟구치는 힘 때문에 혹시 병이 아니냐고 걱정할 정도였다. 젊은 남자라면 대부분 그랬겠지만, 공중 화장실 변기에 놓아둔 아이 주먹만 한 나프탈렌을 오줌 줄기로 이리저리 움직여 본 경험이 있을 것이다.

창수의 오줌 줄기는 소방차 호스를 방불케 하여 나프탈렌을 변기 좌우로 굴려 쓰리쿠션을 돌렸다. 산이나 들에서는 오줌 줄기로 잠자리나 나비를 맞춰 떨어뜨렸고, 땅으로 오줌 줄기가 향할 때는 작은 잡초는 뿌리째 뽑혀 나가고 구덩이가 한 뼘이나 파였었다. 가공할 힘에 친구들은 부러워했었다. 방광도 사람의 것이 아니라 소나 말의 방광을 가지고 있는 듯했다. 오줌을 두 번만 누면 요강이 넘쳐날 정도로 양이 많았다. 입원하기 직전까지만 해도 젊은 사람 부럽지 않았었다. 깊이 파인 가슴이 출렁거리는 것만 봐도 그렇고, 영화에서 벗은 여자만 봐도 가슴이 뛰고 하체가 후끈거렸었다.

그러던 창수의 몸이 목석이 된 것은 당뇨와 고혈압 치료를 위해 입원한 후부터였다. 목석이 되고 부터는 아내가 무서워졌다. 예전엔 아내의 머리가 쑥대머리가 되어 있어도 예뻐 보였고, 몸뻬 뒷단이 찢어지고 무릎에 김치 국물을 묻혀 다녀도 섹시해 보였었다. 이제는 아내가 샤워하고 촉촉한 머리로 비누 냄새를 풍겨도 소 닭 보듯 하게 되고, 콧소리를 내며 몸을 꼬면 번데기처럼 오므라든다. 남자는 마른 짚 한단 들 힘만 있어도 여자를 밝힌다는데, 창수는 사지가 멀쩡하여 쌀가마니를 들고도 남을 힘이 있는데 어찌하여 여자가 두려워지는 것일까. 긴 시간이 흘렀지만 창수의 숙인 고개는 치켜들지 않았다.

변기 앞에 서면 오줌이 나오는지 안 나오는지 감각이 없어 눈으로 확인해야 하고, 자칫 젊은 때를 생각하고 방심하였다가 발뒤꿈치를 적신 적이 몇 번이나 있었다. 아내 몰래 용하다는 한의원과 비뇨기과에 뻔질나게 드나들었지만 허사였고, 주위에서 권하는 개구리와 까마귀는 물론 뱀탕까지 먹어 보았지만, 아랫목의 냉기는 가시질 않았다. 아내의 잔소리와 구박이 늘어날수록 창수의 시름은 깊어갔다. 창수의 딱한 사정을 사위가 알았나 보다. 외국 출장길에 물개 불알을 감춰왔다. 목욕재계한 다음, 정화수 떠놓고 지성으로 이령수하여 먹어볼 참이다.

어디라고 따라왔니

내가 입원한 6인 병실은 저승 갈 사람들 대기실이었다.

간암 환자이거나 간 경변 말기 환자들이라 피를 토하고 정신 줄을 놓는 사람이 더러 있어 피비린내가 병실에 가득하고 간호사의 발걸음은 바람을 몰고 다녔다. 침대에 붙은 플라스틱 표지판은 염라대왕 면접할 수험표나 다름없다. 이 병실에 오면 염라대왕이 친할아버지라도 빠져나갈 수 없다는 자조적인 말을 하곤 했다. 원래 2인 실에 있었으나 수술 날짜가 잡히지 않아 비싼 입원비 걱정에 밤잠을 설쳤는데, 마침 6인실 자리가 하나 비어 이곳으로 옮긴 것이다. 병실에 들어서니 퀴퀴한 냄새와 환자의 앓는 소리가 뒤엉켜 괜히 다인실로 옮겼나 싶어 후회되었다.

다음 날 간 절제 수술 일정이 잡혔다며 간호사실로 호출되었다. 체중, 신장, 혈압, 병력 등을 체크하고, 가족 관계, 취미, 성격, 술,

담배 등 검찰 조사관보다 더 깐깐하게 물어보고 분홍색 연고 통을 하나 주었다. 제모제였다. 샤워실에서 시키는 대로 배꼽 주위와 사타구니까지 골고루 문질러 발랐다. 샤워하고 나니 사타구니가 반질반질 배코를 친 것처럼 볼썽사나워 피식 웃음이 나왔다. 금식 명령과 함께 약병 세 개가 매달렸다.

한잠 자둘 요량으로 눈을 감고 누웠으나 옆 침대 환자의 앓는 소리가 워낙 크고, 누군가 대변을 받아 내는지 냄새가 고약해서 잠이 오지 않았다. 간이 좋지 않은 사람은 방귀를 많이 뀌나 보다. 죽었는지 살았는지 숨소리마저 희미한 사람이나, 식은땀을 흘리며 심하게 앓던 사람도 방귀 소리는 성한 사람보다 더 우렁차게 들렸다. 새벽까지 뒤척이다 잠시 깜박하는 사이 앞 침대 옆은 커튼 너머에서 보호자의 목소리가 나직하지만 다급하게 들렸다.

"여보! 눈떠봐! 내 말 들려?"

음성이 점점 커지며 울음이 섞인 듯했다. 환자를 심하게 흔드는지 침대가 삐걱삐걱 소리를 냈다. 여자가 뛰어 나가고, 의사가 하얀 가운 자락을 휘날리며 들어와 환자의 눈꺼풀을 올려 손전등을 비춰 보는 등 환자의 상태를 점검하고 침통한 표정으로 침대보를 얼굴에 덮었다. 침대 바퀴 소리가 덜덜거린다. 30대 중반으로 보이는 여자가 침대 손잡이를 잡고 따라 나가며 통곡한다.

"여보! 가더라도 밥 한 술 뜨고 가야지…… 먼 길 갈 텐데 허기져서 어쩌려고…… 당신이 그렇게 기다리던 아이도 낳았잖아! 아이

재롱떠는 거 나 혼자 어떻게 감당하라고…… 한번 만 웃어주고 가…… 한 마디 말도 없이 그렇게 떠나버리면 나는 어쩌라고……"

여자의 사설이 끊어졌다가 이어졌다 하면서 멀어졌다. 여자의 생피를 토하는 절규가 병실 가득 맴도는데 불이 환하게 켜졌다. 정신이 온전한 환자와 보호자들이 내 일처럼 슬퍼하며 훌쩍훌쩍 울고 있었다. 뒤따르던 여자가 영안실 복도에서 혼절했다는 말을 듣고 나도 눈물 한 바가지를 쏟았다. 창밖이 희붐하다. 진초록 가운을 입고 마스크를 한 사람이 내 이름을 부른다. 가슴이 철렁 내려앉는다.

저승사자가 나를 데리러 온 것 같다. 새벽에 떠난 망자가 손짓하는 것 같아 더욱 가슴이 뛴다. 이동 침대가 긴 복도를 지나는데, 천정에 달린 형광등이 빠르게 지나간다. 수술실에 들어서니 피비린내가 나는 것 같다. 간호사가 이름을 묻는다. 손목에 찬 명찰을 다시 한 번 확인한다.

간에 붙은 암 덩어리를 잘라내기 위해 십자가처럼 생긴 수술대 위에 누웠다. 옷을 벗긴다. 수술대 재질이 무엇인지 등과 엉덩이가 차갑다. 손과 발이 묶였다. 도마 위에 올려진 생선이 된 것 같기도 하고 십자가에 매달린 예수님이 된 것 같기도 하다. 예수님이 부활했듯 나도 부활할 것으로 생각하니 다소 마음이 놓인다.

한기가 돈다. 몸을 움직여 보려는데 잘 움직이지 않는다. 수술이 끝나고 중환자실로 가기 전, 잠시 회복하고 있는 것 같다. 수술실엔 크고 작은 수술이 연방 있는지 침대가 계속 드나들었다. 내가 정신을 차릴 때쯤, 간호사가 금방 들어온 환자의 이름을 묻는데 친구 이름이었다. 무슨 말을 주고받는데 음성이 영락없이 친구였다. 이름을 불러 보았다. 친구였다. 기쁨보다는 슬픔이 더 했다.

"야 인마! 여기가 어디라고 따라왔니? 술집인 줄 알았어?" 친구의 불안을 조금이라도 덜어주고자 농을 쳤다.

"네 깐 놈이 뛰어봐야 벼룩이지 어딜 가겠니!" 며칠 소식이 뜸했는데, 서로 암이라는 진단을 받고 숨긴 것이다. 친구가 몹시 떨고 있는 것 같았다. 나도 처음에 들어왔을 때 저렇게 떨었겠지.

"나 수술 끝났어. 별것 아니야. 떨지 마!"

친구는 평양이 고향이라 나보다 한이 많은 사람이었다. 전쟁 때 가족들이 피난 오다 죽거나 헤어져서 외할머니와 둘이 살았다. 성인이 되긴 했으나 혈육이라곤 하나밖에 없는 외할머니마저 세상을 떠났다. 외할머니 생전에 동네 사람 몇 명을 만났지만, 아무도 부모님의 생사를 아는 사람이 없었다. 봉천 극장 뒤에서 이사하지 못하는 이유도 고향 사람들에게 일러두었기 때문에 행여나 부모님이 찾아올지 모른다는 희망 때문이었다. 좁은 골목 안에 있는 작은 집이지만, 늘 대문을 열어 놓았고 해가 지기 무섭게 불을 밝혀 놓았다. 명절이면 외롭고 쓸쓸하여 찔끔찔끔 눈물을 흘리곤 했다.

83년도인가. KBS 방송국에서 이산가족 찾기가 있었다. 멀쩡한 직장에 사표를 내고 부모님 찾기에 나섰다. 할머니가 일러준 고향의 주소와 부모님 이름을 적은 전단을 수천 장 만들었다. 비닐에 싼 전단을 전봇대에 붙이고 나무에도 걸었다. 모자에 달고 가슴에 걸었다. 7월의 햇볕은 뜨거웠지만 새까맣게 그을린 채 전단을 나눠주었다. 밤늦도록 방송국 주변을 어슬렁거리며 부모님 찾기에 혈안이 되었다. 누군가 가족을 상봉하면, 자기가 만난 것으로 착각한 듯 꺼이꺼이 울었다. 친구는 부모님을 만나거나 소식을 듣기 전에는 죽을 수 없다는 말을 입에 달고 살았다.

친구가 심상치 않다. 병원에서 해줄 일이 없으니 퇴원하라고 했다. 수술 자국이 아문 지 얼마 되지 않았는데, 딸이 전화를 걸어왔다. "아저씨, 아빠가 이상해요. 빨리 좀 와주세요." 친구의 아내는 이미 눈이 퉁퉁 부어있었다. 친구가 나를 보더니 일으켜 달라는 시늉을 했다. 양어깨 밑에 손을 넣고 일으켜 앉혔다. 앉자마자 방귀를 크게 뀌었다.

"전하! 똥구멍이 시원하시겠사옵니다. 방귀 선물 주시려고 일으키라 하셨사옵니까? 방귀 소리 들어보니 똥구멍이 쌩쌩해서 30년은 더 살겠사옵니다."

웃겨 보려고 쓸데없는 말을 지껄였는데, 친구는 웃지 않고 딸내미만 배시시 웃었다. 어지간하면 한마디 했을 위인인데 기력이 다 소진한 모양이다. 나와 같은 날 수술을 받았는데, 기력이 급속히 약해져 말도 제대로 하지 못했다. 내 손바닥에 지렁이 기어가듯 겨우겨우 손가락으로 글을 썼다.

"먼저 가서 미안하다. 어머니 찾아오시면 어쩌지?"

두어 시간쯤 뒤 눈을 감았다. 얼마나 한이 맺혔으면 마지막 순간까지 저럴까 싶어 나도 많이 울었다.

온천장

게르마늄 성분이 많은 온천이라고 자랑하기에 체험 차 아내와 집을 나섰다.

가을이 익어가는 시골 길엔 자동차가 지날 때마다 코스모스 꽃대가 부러질까 걱정이 될 만큼 심하게 흔들리고 있었다. 벌판에 세워진 온천은 얼핏 보아도 수천 평은 됨직하고, 온 가족이 즐길 수 있는 놀이 기구와 먹을거리 장터까지 잘 갖춰져 있었다. 개업 기념으로 한 달간 목욕료가 3천 원이라고 대대적인 선전을 해서 인지 사람멀미를 할 만큼 인산인해를 이루어 발 디딜 틈이 없었다. 옷을 벗고 탕에 들어가려다가 면도칼을 하나 사려고 매점에 갔다가 깜짝 놀랐다. 하리수보다 더 예쁜 처녀가 긴 생머리에 화장까지 한 채 서 있었기 때문이다. 실오라기 하나 걸치지 않고 워낭을 흔들거리며 돌아다니는 남탕에 여자라니 내가 헛것을 보았는가 싶어 눈을 깜박거려 보았다. 나는 아내 앞에서도 밝을 때는 함부로 옷을 벗지 못해 내의를 갈아입을 때는 돌아앉거나 돌아서서 입는다. 아랫도리 감추는 데는 좀 유별난 행동에, 아내는 "누가 떼어갈까 봐 그렇게 감추느냐." 하면서 키득거린다. 면도칼을 건네주는 여자의 시선이 내 배꼽에서 머문다. 미리 방어 태세를 갖추지 못해 때가 늦어 버렸다. 해수욕장에서 수영복을 입고도 여자 앞에만 서면 주눅이 드는데, 무방비로 아랫도리를 통째로 보여주는 바람에 번데기가 자라목이 되고 말았다. 내가 여자 앞에 아랫도리를 대책 없이 적나라하게 들어낸 건 군대 있을 때다.

비록 성인이라 하더라도 군대에서 훈련병이 달고 있는 양물은 어린아이 고추 취급도 안 해준다. 요즈음은 그렇지 않겠지만, 내가 훈련병일 때는 그랬었다. 훈련소 연병장 이외에서 교육을 받을 때는 기후와 관계없이 이동 판매원이 꼭 따라다니는데, 남자가 아니고 할머니도 아닌 젊은 여자들이다.

휴식 시간이면 전깃줄에 참새 떼처럼 옆으로 쭉 줄을 서서 오줌을 누는데, 바구니에 빵이나 삶은 고구마를 들고 베트콩처럼 숨어 있다가 나타난다. 대부분 젊은 아낙네들이다. 가끔은 내 또래의 처녀들도 끼어 있다. 오줌을 누고 있는 내 앞에 처녀가 다가와서 고구마를 사 먹으라고 한다. 훈련병은 남자로 안 보이나 보다. 내가 놀라서 급히 오줌 줄기를 옆으로 틀었지만, 아랑곳하지 않고 따라와서 부탁하는 바람에 어쩔 수 없이 아랫도리를 통째로 보여 주고 빵

한 개를 사 먹었다. 훈련병들은 빵과 고구마를 먹으면서 한바탕 웃지만 어쩐지 빵 맛이, 맛이 아니었다. 훈련병 고추는 개도 안 물어간다는 말을 몸소 느끼면서 또 다시 낄낄거렸다.

훈련소를 졸업하고 00부대 대기병으로 있을 때 성병 검사 점호를 받았다. 그 당시엔 성병 걸린 사병들이 많았는데, 특히 매독과 임질 그리고 사면발니가 유행하던 시절이었다. 가는 날이 장날이라고, 내가 도착하는 날 성병 검사하는 날이었다. 침상 끝에 일렬횡대로 줄을 서서 팬티를 무릎까지 내리고 부동자세로 서 있었다. 내무반장의 차렷! 구령과 함께 간호 장교가 간호 사관 서너 명을 거느리고 들어 왔다. 훈련병들의 양물을 툭툭 튕겨보고, 손가락으로 들어 올려 살펴보다가 움켜쥐기도 했다. 내 차례였다. 예외 없이 내 보물도 간호 장교 손아귀에서 목이 졸렸다. 치약을 짜듯 꾹 눌렀다가 좌우로 비틀어 보기도 하였다.

염증이 있는지, 농이 나오는지 확인하는 것이리라. 고추가 목이 졸려 통증이 있긴 하였지만 참을 만하였다. 성인이 되고 처음으로 고구마 파는 처녀에게 보여주긴 했지만, 처녀 손에 잡혀보긴 처음이라 기분이 묘하고 야릇했다. 놀랍고 당황스러워 얼굴이 붉어지긴 해도, 기분이 나쁘지는 않았다. 간호 장교는 천사처럼 아름다웠다. 당시 영화배우 문 희 씨를 쏙 빼닮았었다. 앳된 티가 나는 것으로 보아 처녀가 틀림없는 듯했다. 수술용 장갑을 끼고 있긴 했지만, 여자의 손이 따뜻하고 부드럽다는 것을 처음 알았다. 황진이의 섬섬

옥수보다 더 아름다운 것 같았다. 싫진 않았지만 내 것은 왜 이렇게 오래 잡고 있는지 알 수 없었다. 간호장교는 나를 올려다보며, 터프가이로 보이기 위함인지 남자 같은 표현으로 한마디 했다.

"귀관은 건강과 행복을 위해서 까야겠어!"

군기가 풀 먹인 삼베보다 깔깔하게 날 선 이등병 때라 목이 터져라 고함을 질렀다.

"네, 돈 벌면 선착순으로 깔랍니다."

내 목소리가 워낙 커서 그랬는지, 양물이 여자 손에 잡힌 탓에 내 정신이 아니어서 표정이 이상했는지, 선착순이라는 말이 어울리지 않아서 그랬는지 알 수 없으나 점호를 받던 고참병과 졸병이 크게 웃는 바람에 간호 사관도 입에 손을 가리고 킥킥거렸다. 훈련소에서 선착순이라는 말은 하루에도 수십 번을 들어 귀에 못이 박인 터라 나도 모르게 선착순이란 말이 튀어나왔다. 나는 그 대답으로 인해 고문관이란 별명을 얻어 놀림감이 되었다. 군대서 깐다는 것은 포경수술만 의미하는 건 아니다. 상관이 명령하면 아랫도리로 밤송이를 까라면 까는 시늉이라도 해야 한다. 졸병은 이유 달지 말고 시키는 대로 하라는 뜻일 게다.

아내는 해물 된장을 주문하고 나는 미역국을 먹었다. 온돌방과 고온 찜질방을 오가는데 한쪽이 시끌벅적하여 고개를 빼고 보니 황토팩 체험이라며 늙거나 젊거나 많은 여성이 얼굴에 황토를 바르고 눈만 빼꼼히 내놓아 아마존 강 정글에 사는 마티스족 같았다. 아내가 싫다는 나를 억지로 앉혀 놓고 황토를 발라 주었다. 눈과 입술만 남겨 놓고 황토를 바른 채 주위를 살펴보니 남자는 나뿐이었다. 더군다나 머리에 허옇게 서리가 내린 늙은이가 여자 틈에 어울려 황토를 발랐으니 지나는 사람들이 힐끔거리며 주책바가지라고 눈총 주는 것 같아 젊은이들 표현대로 쪽팔려 죽는 줄 알았다.

숯가마에 굽고 게르마늄 온천에 담갔더니 피부가 반질거리는 것 같다. 옷을 갈아입고 매점에 있던 여자의 정체를 알아보니 겉만 여자이고 속은 서서 오줌 누는 사람이라고 했다. 여장 남자인데 괜히 주눅이 들었었다.

수표

몇 해 전, 둘째 며느리와 잠시 같이 산 적이 있었다.

그때 손자는 다섯 살 쯤 되었는데 워킹 맘(working mom)인 제 어미와 헤어지지 않으려고 떼를 써서 아침이면 한바탕 전쟁을 치루듯하였다. 아이가 형이나 동생 없이 혼자 자라는 데다 시골이라 또래 아이들도 없다 보니 보기가 딱할 만큼 외로워서 힘들어하였다.

철쭉꽃이 뒷산을 붉게 물들여 놓고, 손자의 얼굴마저 복사꽃으로 물들인 햇볕이 좋은 날이었다. 아이의 손을 잡고 읍내에 장난감을 사러 나가려는데 서울 사는 외사촌 형님이 나의 건강과 사는 것이 궁금했다며 운전기사에게 과일 상자를 들려 예고 없이 방문했다.

갓 캔 쑥으로 국을 끓여 간단하게 점심을 먹은 형이 찻잔을 내려놓자마자 일어나서 아래위 호주머니와 지갑을 뒤적거렸다. 그리곤 아이에게 십만 원짜리 수표를 쥐여 주었다. 오천 원이나 만 원짜리를 찾았지만, 현금이 없으니까 수표를 준 것 같았다. 아이가 아직 돈을 모른다며 말리려다가 형은 경제적인 여유가 있는 사람이라 모른 체하고 말았다.

아이는 아직 돈이 익숙지 않다. 누가 와서 과자 사 먹으라며 돈을 주면 받았다가 금방 아무 곳에나 던져 놓는 아이였다. 서울 살 때도 돈 가지고 뭘 사본 적이 없지만, 이곳에는 가게가 없으니 돈이 있어도 사용할 기회가 없었다. 돈을 모르는 녀석이 수표가 무엇인지 알리가 없었다. 처음엔 가지고 다니다가 잊어버릴까 걱정되어 내가 보관하기로 마음을 먹었는데, 가만히 생각해보니 보관이 아니라 아예 뺏어서 내가 가져야겠다는 흑심이 생겼다.

내가 아이를 불러 쌩긋 웃었다.

평소 잔정이 없어 무뚝뚝한 편이었는데 오늘은 코미디언 같은 얼굴로 장난을 걸며 아이를 즐겁게 해주려고 정성을 쏟았다. 아이에게 경계심을 무장 해제시키고 햄버거 먹으러 갈까 피자를 먹으러 갈까 하면서 정신을 쏙 빼놓았다. 이젠 친구 같은 할아버지라 허물없는 사이가 되었다고 판단되어 재빨리 만 원짜리 지폐를 주며 수표와 바꾸자고 하였다.

아이 손에 있는 수표를 뺏는 일은 수양딸 며느리 삼는 것만큼 쉬울 줄 알았는데, 아이가 거부할 것이라곤 꿈에도 생각하지 못했는데, 녀석이 고개만 흔드는 것이 아니라 몸까지 흔들었다. 개가 꼬리를 흔들면 궁둥이도 따라 흔들리는 것과 흡사했다. 싫다는 것이다.

오천 원짜리 한 장을 더 보태서 두 장을 주며 바꾸자고 해도 녀석이 몸과 고개를 동시에 흔들었다. 무슨 조화란 말인가. 누가 시킨 것도 아닌데, 녀석의 우렁잇속을 당최 알 수가 없었다.

다시 천 원짜리 한 장을 더 꺼내서 석 장을 녀석의 손에 쥐어주며 수표를 반 강제로 빼앗으려고 하니 허리를 꾸부리고 몸을 움츠려 본격적인 방어 자세를 취했다. 눈에 익은 돈 석 장과 종이쪽지와 바꾸자는데, 굳이 외눈부처 대하듯 하는 녀석의 속을 도저히 알 길이 없었다. 싫다는 걸 이 정도에서 포기했어야 옳았는데 수표에 눈이 어두웠던 탓도 있었지만 너무 쉽게 생각했던 것이 틀어지니 은근히 부아가 치밀어 흥분하는 바람에 할아버지라는 체면을 내동댕이치고 말았다.

"너 왜 할아버지 말을 안 들어!" 하고 닦달질을 했다.

고함을 너무 크게 질렀는지 아이만 놀란 게 아니라 수제비 하려고 밀가루 반죽을 하던 아내도 놀랐나 보다. 놀란 아이가 울듯 말듯 내 눈치를 보며 눈을 아래로 깔았다.

그때 그 모습은 영락없는 제 아비를 닮았었다. 제 아비가 어릴 때 고집이 황소고집이었다. 회초리로 종아리를 때려도, 아무리 험한 얼굴로 송곳니를 드러내 보여도 잘못했다는 말은 죽어도 안 했다. 지금 녀석이 제 아비와 너무 흡사하여 어쩌면 말 안 듣는 것만 저리도 똑같이 닮을까 싶었다.

"손에 쥐고 있는 종이쪽지 이리 내놔!"

하고 다시 한 번 소릴 질렀다.

녀석이 다섯 살이지만 눈치가 매구 같아 절에 가서 젓국 얻어먹을 녀석이라 내가 쉽게 포기하지 않을 것이라 예상했는지 눈물 없는 가짜 울음을 울기 시작했다.

"울 일이 아닌데 왜 울어!"

하면서 손가락으로 녀석의 이마를 툭 건드리는 시늉을 했다.

손가락이 이마에 닿지도 않았는데, 정말로 쥐어박을 것이라고 오해를 했나 보다. 녀석은 불리하면 우는 것이 최선의 방어라는 것을 알고 있었다. 녀석이 할머니를 힐끔거리며 눈물도 안 나오는 울음을 더욱 소리 내어 울며 생다지를 부렸다. 녀석의 예상대로 아내가 잘 노는 아이 왜 울리느냐며 지청구를 하니 녀석이 진짜로 눈물을 흘리며 울기 시작했다. 아내는 아이를 울린 이유가 아이가 가지고 있는 수표를 뺏으려다가 안 되니까 아이를 쥐어박은 것으로 결론을 내려버렸다.

개귀의 비루를 털어 먹을 사람이라거나, 물거미 앞다리를 삶아 먹을 사람이라는 속담은 들어보았지만, 하늘 아래 손자에게 준 용돈을 걸태질하려는 할아버지가 있다는 말은 못 들어보았다며 아내가 혀를 차고 갈고리눈을 떴다. 아내에게 한심한 사람으로 낙인찍힌 것이야 한두 번이 아니니까 그렇다 치더라도 이젠 이 녀석의 울음을 달래야 했다.

며느리의 퇴근 시간이 다가오고 있었기 때문이다.

며느리가 와서 아이가 울고 있는 사실을 안다면 시아버지로서의 체면은 쥐 밑살이 되고 말 것이다. 낭패라도 아주 고약한 낭패라서 생각만 해도 구정물을 뒤집어쓴 것 같다. 잠시 쪽팔리고 말 일이 아니었다. 내가 죽어 관에 들어간 후에도 주홍 글씨가 목에 걸릴 판이었다.

아내의 역성으로 상황이 유리하다고 판단했는지 눈치를 슬금슬금 보아가며 억지 울음을 울며 언턱거리를 하고 있었다. 피자 햄버거 통닭은 말할 것도 없고 비싼 장난감도 사주겠다며 얼렀지만 이젠 할머니 치마폭에 숨어서 징징거렸다. 녀석을 달래기 위해 사주겠다고 말한 걸 계산해보니 수표로는 어림없었다. 수표는 빼앗지도 못하고 망신과 동티만 내고 말았다.

평소 녀석은 제 어미가 오면 오늘 있었던 일을 미주알고주알 모두 말해 주었다. 녀석이 제 어미에게 내 소행을 낱낱이 고해바치기 전에 내가 미리 이실직고해야 할지, 그냥 넘어갈 일을 긁어 부스럼을 만드는 어리석음을 자초하는 건 아닌지, 내가 아무리 조리 있게 말을 한다 해도 아이가 왜 울었는지에 대해서 확실하게 이해시키지 못한다면 어떤 말을 해도 진정성에 의심이 생길 수밖에 없는 터라 한참을 손톱 여물을 썰다가 입을 봉하기로 결론을 내렸다.

오늘 동네 사람과 셈을 하다가 십만 원짜리 수표 한 장을 받았다. 수표를 보니 손자 생각이 난다. 그때 손자에게 큰돈을 투자하여 입씻이를 했지만, 기억마저 지워졌는지는 의문이다. 요즈막에도 며느리가 묘한 웃음을 웃을 때면 혹시 그 일 때문에 웃는 게 아닌가 하여 노루 제 방귀에 놀라듯 한다. 녀석의 뇌리에서 완전히 지워지도록 세상에 있는 수표를 모조리 없애버리는 방법은 없을까. 잠시 돈에 눈이 멀어 옹춘마니가 된 것이 두고두고 후회스럽다.

장한몽의 심순애도 지금 나와 같은 심정이었을까.

사람 사는 냄새

간 이식 수술을 받은 지 두 해가 조금 지나고부터 청년처럼 꽃기운이 불끈불끈 솟았다. 주치의 선생님도 무리하지 않는 한 일을 해도 무방하다는 것이다.

이웃에 용달차를 운전하는 사람이 있어 이것저것 물어보니 힘들어 못 한다며 적극적으로 말렸다. 아내가 인숭무레기 같은 사람이라며 눈을 치뜨고, 아들도 건강이 회복되지 않았다며 극구 말렸지만 내가 황소고집을 부렸다. 가족에게 힘이 들면 바로 그만둔다는 하냥다짐을 하고서야 허락을 받았다. 다섯 해 동안 투병 생활을 하느라 소식을 주고받지 못하고 솔발내기로 지내다 보니 어쩌다가 지인을 만나면 "어! 아직 살아있네!"라는 말을 무심결에 해놓고 당황하는 사람을 보았다. 내가 건강을 회복하여 살아있다는 것을 나를 아는 모든 사람에게 보여주고 싶었고, 일해서 용돈도 번다며 자랑하고 싶었다.

내가 0.5톤 용달차를 직업으로 선택한 이유는 출퇴근이 정해져 있지 않고 피곤하면 일을 안 해도 되는 줄 알았다. 또 다른 이유는 화물차는 대기하는 시간이 많아 책을 읽고 사색도 할 수 있는, 나에게 딱 맞는 직업이라 여겼다. 그러나 겉가량으로 알아본 내용은 현실과 많이 달랐다.

아카시아 향기가 실바람에 실려 코끝을 간질일 무렵 계획을 했지만 교육받고 자격증 따고 자동차 사들이고 이것저것 준비하다 보니 일을 시작할 때는 찬바람 머리였다. 집에서 가까운 주차장에 등록하였다. 주차장을 운영하는 사람을 소장이라 불렀고, 소장은 한 달에 십오만 원을 받고 일거리를 주문받아 배차하는 사람이었다.

내가 소속된 주차장의 자동차는 모두 60대쯤 되었다. 큰 차는 전국을 돌아다니다가 사흘 아니면 이레 만에 돌아오는 경우가 많았다. 그러다 보니 운전기사들과 낯선 얼굴을 익히는데 여러 달이 걸렸다. 일을 나가지 않은 기사들의 쉼터인 대기실은 팔도의 군상들이 모여 고스톱 치는 무리, 바둑이나 장기를 두는 무리, 세상 돌아가는 잡담을 나누거나 잠을 자는 무리로 나뉘었다. 나이도 20대에서 79세까지 다양했다. 옆에 노인이 있거나 말거나 피곤하면 눕고 졸리면 잤다. 그렇다고 버르장머리가 어쩌고저쩌고 하지 않았다. 모두가 개인 사업자 등록을 한 대표자들이라 자긍심도 있었다.

사람 사는 곳엔 선후배가 있는 법, 같이 식사할 때면 수저를 챙겨

주고 식사가 끝나면 물 잔을 올리는 예의 바른 젊은이도 있었다. 이곳의 불문율은 과거를 묻지 않고 과거를 자랑하지 않았다. 젊거나 늙었거나, 배웠거나 못 배웠거나, 부잣집 자식이었거나 가난한 집 자식이었거나 지금은 모두가 똑같은 동료이고 운전 짓을 하고 먹고 사는 하류 인생이라 생각한다. 오죽하면 이곳까지 흘러왔겠느냐며 삼류 주막의 퇴기가 된 것처럼 열등감에 빠진 사람이 있는가 하면, 젊은 사람들은 대부분 꿈이 있었다. 알뜰히 돈을 벌어 운전과 관계없는 사업을 해보고 싶다고 했다.

60대와 70대가 운전하는 부류는 크게 두 가지였다. 첫째는 자식에게 의지하기 싫다며 용돈 벌기 위해 나오는 사람인데 반찬값이나 친구들과 소주 마실 만큼 벌면 소리 소문 없이 들어가 버린다. 이런 부류의 사람들은 비가 오거나 눈이 오면 출근하지 않는다. 물론 조금만 피곤해도 안 나오고 사소한 일만 있어도 출근하지 않는다. 두 번째는 아침 일찍 출근하여 밤늦게까지 일한다. 일하지 않으면 굶어야 할 처지이기 때문이다. 한 때는 제법 많은 돈을 만진 사업가도 있고, 중견 공무원과 교육자 출신도 있다. 모두가 자식들이 사업한다며 집안을 거덜 내고 빚까지 짊어진 사람들이다. 몸 군데군데 파스를 붙이고 약을 밥 먹듯 하며 버틴다.

내가 처음 배차를 받은 곳은 건축자재를 가득 싣고 서울 구파발에 있는 대단위 아파트 공사 현장으로 가는 일이었다. 1톤에 실어야 할 화물을 운반비 아끼려고 내 차에 싣다 보니 차 바닥이 땅에 닿을

듯하고 조그마한 오르막길에서도 힘이 부족해 비실거렸다. 목적지는 전화번호만 주기에 주소를 알아내어 내비게이션에 의지해서 찾아가야 했다. 엄청나게 넓은 공사장 어디쯤 내려야 할지 몰라 애를 태우는데 빨리 오지 않는다고 전화가 빗발친다. 공사장은 대부분 진흙 구덩이다. 이리저리 헤매다가 진흙 구덩이에 빠져 차가 꿈적도 하지 않아 애간장이 녹아나는데, 나 때문에 공사가 중단되어 인부들이 놀고 있으니 손해 배상을 하라며 고막이 찢어질 정도로 전화기에 대고 고함을 질러댄다. 점심은 언감생심이고 차가 망가진 채 운임도 받지 못하고 생 땀을 그렇게 흘려보긴 생전 처음이었다. 나는 첫날 첫 일부터 소장에게 반편이로 찍혀버렸다.

그날의 내 일진은 까막과부와 다를 게 없었다. 만산홍엽이 이울어가는 만추인데도 대기실엔 파리가 들끓었다. 일이 없어 한쪽 구석에 앉아 졸고 싶은데 파리 때문에 졸고 있을 수가 없었다. 대기실에서 시도 때도 없이 식사하고, 사나흘 간 장거리 운전을 하고 온 기사들이 발을 제때 씻지 못해 갈치 내장 썩은 냄새와 닭똥 냄새가 진동하여 머리가 어지러울 지경이니 파리가 어찌 꼬이지 않겠는가. 얼굴에 파리가 달라붙어 뺨을 때려보지만 빠르기가 번개 같아 헛뺨을 때릴 때가 많아 슬슬 부아가 치민다. 대기실 바닥에 파리 대여섯 마리가 장난을 치며 짝짓기를 하고 있다. 파리 사냥꾼 윤 씨가 일을 나간 탓에 파리들이 더욱 성가시게 군다. 내가 파리채를 들고 여러 번 헛방을 친 끝에 일망타진하였다. 바닥에 널브러진 파리 시체를 냉큼 치워버렸어야 옳았는데 마침 걸려온 전화를 받느라 미루어둔 게 화근이었다.

내년이면 80세가 되는데도 일을 해야 하는 황 영감이 자리에 앉자마자 바닥에 나뒹구는 파리 시체를 발견했다. 80세 영감의 시력이 좋으면 얼마나 좋겠는가. 황 영감이 보기엔 죽어있는 파리가 살아있는 것으로 보였나 보다. 왼손잡이 황 영감이 손바닥에 침을 뱉으며 파리채를 힘주어 잡았다. 머리보다 한 뼘이나 높이 든 파리채를 냅다 후려쳤다.

이미 나에게 맞아 팔다리가 부러지고 머리가 터졌는데 또 한 번 몽둥이찜질을 당하니 쥐포처럼 납작해져 버렸다. 사람으로 치면 부관참시를 당하는 꼴이었다. 두 번 세 번 후려칠 때마다 명중률 100%이기에 기분이 좋았나 보다. 이미 잡아놓은 파리라고 말할 틈도 없이 망나니 칼춤 추듯 파리채를 휘둘렀다. 내가 잡아서 죽어 있는 것이라고 끝내 말하지 못한 것은 널브러진 파리를 바라보며 본인이 생각해도 파리 잡는 솜씨가 대단하다고 여겼는지 어깨를 들썩하며 발씬발씬 웃었기 때문이었다. 발씬거리는 모습이 아이처럼 순진해 보여 터져 나오는 웃음을 참느라 기회를 놓친 탓도 있지만, 으쓱해하는 황 영감의 들뜬 기분에 초를 치고 싶지 않았기 때문이었다.

이곳에서 돈을 번다는 것은 불가능에 가깝다.

그저 오늘 하루 무탈하게 지나가면 그것이 행복이라 여긴다. 이 사람들은 마음을 비운 지 오래인 듯 욕심도 없어 보인다. 그래서 이 사람들은 늘 만족해하고 돈 몇 만 원을 벌면 그것으로 행복해한다. 해탈한 사람들 같았다. 이 사람들과 어울리면서 턱없이 부려온 탐욕을 버리고 마음을 비우면서 즐겁게 사는 법을 배웠다. 술이 넘치지 않게 만든 잔이 계영배라 하였던가. 내가 병이 든 것도 가당찮은 탐욕 때문이리라. 용달차 운전은 생각보다 훨씬 힘들다. 내가 너무 쉽게 보았다. 가족과 약속한 대로 힘이 들어 곧 그만두었다. 금전적인 손해는 보지 않았지만, 그동안 날강목치기만 했다. 마음속에 계영배 하나 간직하고 살리라.

재수 옴 붙은 날

예약된 병원 시간에 맞추기 위해 부지런히 집을 나섰다.

노란 개나리가 만개했지만, 눈에 들어오지 않았다. 병원 가는 날은 늘 긴장되기 때문이다. 병원 주차장이 복잡하고 주차료가 만만치 않아 경춘 국도 한적한 곳에 자동차를 세워두고 버스를 이용하기로 했다.

출근 시간이 끝나 가는 시점인데 좌석은 맨 뒤 귀퉁이 자리 하나만 비어 있어 앉았더니 덩그렇게 말을 타고 가는 기분이었다. 앞에 앉은 사람들의 뒤통수를 내려다보며 젊은 사람과 늙은 사람, 남자와 여자 그리고 졸고 있는 사람과 책을 읽는 사람, 전화를 하는 사람이 한둘 섞여 있지만, 대부분 스마트 폰에 얼굴을 고정해 놓은 것 같다. 나도 책을 꺼내 읽을까 생각하다 그만두었다. 병원 가는 날은 쓸데없이 불안하여 마음이 안정이 안 되기 때문이다.

무료함을 달래기 위해 탑승한 사람이 몇 명인지 고개를 끄떡이며 세고 있는데 느닷없이 폭탄 터지는 소리가 났다. 버스가 심하게 흔들리더니 한쪽으로 기울어진 채 길옆에 멈추었다. 자동차 안은 먼지가 자욱하고 아녀자의 가벼운 비명이 들렸다. 시골버스에도 테러를 하는 사람이 있나 싶어 가슴이 철렁했는데, 알고 보니 뒷바퀴 두 개가 한꺼번에 터져버렸다.

바퀴 두 개 터지는 소리가 그렇게 요란한 줄 미처 몰랐다. 현금 내고 탄 승객들이 다른 버스를 타겠다며 환불해 달라고 삿대질을 해댔지만, 운전기사는 자기 회사 버스가 오면 태워드리겠다는 말 한마디만 하고는 소죽은 귀신처럼 먼 산을 바라보고 있었다. 삿대질로 침을 튀기던 사람들도 제풀에 꺾여 포기했다. 배차 시간이 30분이니 속절없이 기다려야 한다. 바쁜 사람은 차비를 이중으로 내더라도 다른 회사 버스를 타야 했다. 나도 어떻게 해야 좋을지 고민했다.

진달래가 피었다고는 하지만 목덜미로 파고드는 바람이 매섭다. 잠시 머뭇거리다가 여유 있게 도착하기 위해 다른 회사 버스를 탔다. 버스에 올라 뒤를 힐끔 돌아보니 사고가 난 회사 버스가 도착하여 꾸준히 기다린 사람들이 버스에 오르고 있었다. 조금만 더 기다렸다면 좋았으련만 조급증 때문에 안달하다가 차비를 두 번이나 냈다.

버스가 구리시를 지나 망우리 고개에 이르렀다. 스위치를 밀었다

당겼다 반복하고 출입문을 흔들며 고개를 갸우뚱거리더니 문 두 개가 닫히지 않아 운행할 수 없다며 조금 전 버스 기사와 똑같은 말을 했다. 40여 명이 포로병처럼 망우리 고갯마루에 서 있는데 처음에 탔던 또 한 대의 버스가 매연을 내 품으며 지나갔다.

고갯마루 바람은 더욱 쌀쌀했다. 사람이 살면서 미련스러워도 안 좋지만 촐랑거려도 안 좋다. 급할수록 돌아가라는 속담을 곱씹어 본다. 세 번 낸 차비도 그렇지만 예약 시간이 지나가고 있었다. 청량리역, 많은 사람의 몸을 부딪치고 헤집으며 숨이 목에 차도록 계단을 뛰어 올라오니 전철이 정차해 있었다. 행운이다 싶어 발을 들여 놓으려는 순간 문이 닫혀 버렸다. 마치 내 모습을 보고 있다가 일부러 장난을 치는 것 같이 타이밍이 절묘했다.

다음 전철에 타니 맥이 풀렸다. 다리도 후들거렸다. 출근 시간이 지난 후라 서 있는 사람은 별로 없었다. 그렇다고 빈 좌석이 있는 것도 아니었다. 저만큼 빈 좌석이 하나 있기에 몸을 비틀고 냉큼 앉았다. 노인이나 장애인을 위해 자리를 비워 두고 선 학생이 고맙고 예의 바른 학생이라 여겼다. 서너 정거장을 지날 무렵 궁둥이가 축축하다. 아이가 오줌을 쌌거나 물을 쏟았나 보다. 하필이면 밝은 색 바지를 입었는데, 앉아있기도 그렇고 벌떡 일어서기도 난감하다. 건너편에 앉은 사람들이 내 표정을 보고 키득거리는 것 같다. 자리를 비워 둔 것이 곡절이 있었는데, 또 덤벙거린 탓이다.

병원에 도착하니 예약 시간은 한참 지나있었다. 간호사에게 비굴

한 웃음을 보이고서야 혈관에 주삿바늘을 꽂을 수 있었다. 그날따라 혈액을 많이 뽑아야 한다며 굵은 주삿바늘을 꽂았다. 5분 이상 꾹 누르고 있으라는 간호사의 말을 귀담아 듣지 않고 객줏집 칼도마 씻듯 대충 눌렀다가 떼어버린 것이 탈이었다. 전철을 타기 위해 계단을 내려서는데 지나는 사람이 팔에서 피가 떨어진다며 알려주었다. 병원으로 달려가 응급처치는 하였지만, 병원에서 그곳까지 거리와 시간을 계산해보면 위험할 만큼 피를 흘렸다.

어제 저녁부터 물 한 모금 마시지 않은 터라 빙글빙글 어지럼증이 생겨 가로수를 붙잡고 한참을 서 있었다. 와중에도 궁둥이를 만져보니 젖은 바지가 보송보송하게 잘 말라 있었다.

수술 후 육류를 즐겨 먹진 않았지만, 영양 보충 차원에서 설렁탕집으로 갔다. 양념을 넣고 골고루 저어 간을 보기 위해 숟가락을 떠올리니 숟가락 위에 통통하게 살이 찐 바퀴벌레가 배를 보이며 발랑 뒤집어져서 빙긋이 웃고 있는 것 같았다. 힘이 없어 말하기조차 싫었다. 손짓으로 음식 나르는 소녀를 불러 바퀴벌레를 보여주며 사자 어금니를 드러내고 눈을 가늘게 떴더니 소녀가 기겁을 하여 얼른 다른 것으로 바꿔왔다. 소녀가 부엌에 대고 뭐라고 했는지 새로 가지고 온 설렁탕엔 밥보다 고기가 더 많이 들어있었다.

마침 점심시간이라 손님이 몰려들기 시작했다. 주인인 듯 중년 여자가 다른 손님과 합석해 주길 원하여 그렇게 하라 하였다. 사나흘 면도를 하지 않았는지 턱수염이 까칠한 사내 둘이 마주 앉았다. 배가 무척 고팠던지 깍두기를 국물 채 뚝배기에 들어붓고 간도 보지 않은 채 허겁지겁 퍼먹었다.

뜨겁지도 않은지 훈련병보다 더 빠르게 퍼먹더니 마주 앉은 사내가 예고 없이 재채기를 해버렸다. 전혀 예상하지 못한 터라 사내 입에서 나온 파편은 고스란히 내 뚝배기 속으로 떨어졌다. 사내는 미안하다는 말 대신 콧구멍을 벌렁거리더니 식탁 위에 있는 휴지를 한 움큼 쥐고 코까지 휭휭 풀고 있었다. 나도 막 먹기 시작한 때라 밥이 그대로 남아있었다. 따져 묻고 싶었지만, 오늘 일진이 예사롭지 않아 참기로 했다. 조용히 숟가락을 내려놓고 밖으로 나왔다.

봄볕이 눈이 부시다. 계절은 어김이 없어 봄바람이 나목에 푸른 옷을 입혀 놓았다. 작년에 낙엽이 된 마로니에 이파리 하나가 거미줄에 매달려서 바람이 불면 바람개비처럼 돌다가 내 어깨 위에 살포시 떨어진다.

박인환의 시구처럼 나뭇잎은 떨어지고 나뭇잎은 흙이 되고 나뭇잎에 덮이듯이 오늘처럼 재수 옴 붙은 날은 푸른 마로니에 잎으로 덮였으면 좋겠다.

술주정

남편이 아내를 속상하게 하는 부류가 여럿 있겠지만 크게 보면 두 가지로 압축될 것이다.

첫째는 바람을 피워 다른 여자에게 아이를 낳게 하는 것이고, 두 번째는 도박이나 빚보증으로 분탕질하는 것이지 싶다. 나는 둘 다 아니니까 아내를 크게 속상하게 한 것은 없다고 큰소리치지만, 아내는 턱도 없는 소리라며 일축하곤 내가 속상하게 한 걸 꿰라면 열 손가락으론 부족하다고 한다. 내가 한때는 술병을 주야장천 옆구리에 끼고 산 적이 있었다.

친구들과 술을 마시다 보면 자세가 흐트러지거나 걸쭉한 농담을 거침없이 하게 되고, 분위기가 무르익어 2차, 3차 술집을 옮겨 다닐 때는 젊고 아름다운 여자가 블라우스 단추 두어 개 풀어헤쳐 풍만한 가슴을 드러낸 채 눈웃음을 살살치며 술시중을 드는 곳으로 가기 십상이다. 취했다는 핑계로 작부의 허리를 감고 노닥거리다가 귀가 시간이 늦는 경우가 종종 있게 마련이고.

술 좋아하는 사람 치고 아내에게 거짓말 한두 번 안 해본 사람이 있다면 그 사람은 희귀종이거나 천연기념물에 해당될 것이다. 나는 아내에게 거짓말을 많이 하는 편이다. 술집에서 있었던 일을 미주알고주알 말하면 싸움밖에 더 되겠는가. 가정의 화평을 위해서 만부득이 선의의 거짓말을 한다고 하면, 아내는 곰배팔이 왼 새끼 꼬는 소리라고 한다.

나는 어지간히 술을 마셔도 취하지 않는다. 그래서 남들이 술이 세다고 한다. 그냥 세다고 하는 게 아니라, 두주불사斗酒不辭 청탁불문淸濁不問 이라고 했다. 남은 혀가 꼬부라지고 휘청거리지만 나는 거짓말처럼 멀쩡할 때가 많다. 어느 날 3차까지 마셨는데 취하지 않아 새벽녘에 멀쩡하게 귀가했다. 어디에서 묻었는지 와이셔츠에 립스틱이 묻었었다. 술시중 드는 여자가 있는 집에서 술을 마신 건 사실이지만 여자의 얼굴이 내 몸 가까이에 온 적이 없었다. 아무리 결백을 주장해도 도대체 믿으려고 하지 않았다. 술도 취하지 않았는데 이 시간까지 어디서 무엇을 하고 왔는지 이실직고하라며 수사관이 피의자 다루듯 다잡았다. 나는 상대가 다그치면 말을 더듬거나 얼굴이 붉어지고 안절부절못하는 버릇이 있어 상대가 더욱 의심할 때가 있다.

이후론 밖에서 일어난 비행을 감추고 합리화시켜서 조사를 당하지 않을 심산으로 일부러 만취한 척 연기를 하기로 마음먹었다.

다리에 힘을 빼고 휘청거리면서 혀를 날름날름 거리다가 눈도 치켜떴다가 거짓 딸꾹질도 해대며 취한 연기를 하기 시작했다. 이 연기는 내가 개발한 것이 아니고 코미디언 백남봉 씨가 무대에서 가끔 하는 연기를 눈여겨 보아둔 것이다. 이 연기는 기가 막히게 약발을 받았다. 아내는 백발백중으로 속아 넘어갔다. 때로는 완벽하게 속이고 알리바이를 성립시키기 위해 집 가까운 구멍가게에서 소주를 병나발을 불고 한 참을 입에 머금었다가 옷에 대고 안개처럼 내뿜기도 했다. 취한 내 코에도 알코올 냄새가 진동을 했다. 아내 몰래 허튼짓을 한다는 게 그리 쉬운 일이든가. 그러나 꼬리가 길면 밟힌다는 말은 진리였다. 늘 같은 연기를 해서 그랬는지 아니면 어디에서 허점을 보였는지 아내의 표정이 달라졌다. 가소롭다는 표정 같기도 하고 어디서 허튼수작이야 하는 표정 같기도 했다. 초저녁부터 함박눈이 내려 발목까지 빠졌다.

대설 주의보가 내려졌다는 뉴스를 대폿집에서 작부와 노닥거리며 얼핏 들었지만, 작부의 코맹맹이 소리에 정신이 팔려 관심두지 않았었다. 자정이 지나고 삼십 여분이 지난 후에 대문을 두드렸다. 아내는 하루도 거르지 않고 술독에 빠졌다 오느냐며 짜증을 내지만 비틀거리는 나를 부축하여 방안으로 안내하고 꿀물 한 사발 먹여주는 것이 지금껏 해온 코스였다. 그런데 오늘은 아내의 행동이 예사롭지 않고 찬바람이 휑하니 부는 것 같다. 실눈을 뜨고 아내를 곁눈

질하니 살쾡이 눈으로 나를 노려본다. 본때를 보여주겠다는 표정 같아 가슴이 철렁 내려앉았지만, 짐짓 태연한 척하며 아내를 껴안으려 하니 아내는 몸을 살짝 피하여 방으로 들어가고 나는 마당에 쌓인 눈 위에 엎어졌다. 아내가 부축할 줄 알고 휘청거리며 일부러 넘어졌으니 그대로 엎어져 있어야 했다.

내가 살던 집은 한옥이다. 좁지만 마당을 지나 세 계단을 오르면 중앙에 마루가 있고 좌측은 내가 사용하고 우측은 어머니가 사용했다. 대문 좌우가 시멘트 담인데 상단에는 깨진 유리조각을 듬성듬성 꽂아 놓고 철조망까지 둘러 방범에 만전을 기한 집이다.

대문이 열린 채 한참을 눈 위에 엎어져 있었다. 만취한 척하였으니 춥다고 벌떡 일어설 수는 없는 노릇이라 곰곰이 다음 행동을 고민해 보았지만 마땅한 생각이 나지 않았다. 팔꿈치와 아랫배가 시리고 무릎도 시리다. 함박눈이 머리와 어깨에 쌓이고 있었다. 목덜미와 귀 뒤에 쌓이는 눈은 참기 어려운 고통이었다. 이실직고하고 일어서 버릴까 골백번도 더 생각했지만 가볍게 행동할 일이 아니었다. 자칫하면 수년간 아내를 속여 온 비법이 들통 나서 그동안 아내를 속인 괘씸죄에 시달릴 고통도 걱정이지만 앞으로 귀가 시간이 늦을 때 어떤 변명을 해도 믿지 않을 것이 더 걱정이었다. 동상에 걸리는 최악의 상황이 오더라도 참고 견뎌야 했다. 이를 앙다물었다.

시리던 팔과 아랫배가 따끔따끔 아파 온다. 아랫배의 통증이 심해 궁둥이를 살짝 들어 올렸다. 몸의 중심이 팔과 무릎으로 옮겨지니 팔의 감각도 서서히 없어지는 것 같다. 한쪽 팔과 한쪽 무릎으로 교대해서 버텨보지만, 한계에 온 듯하다. 술 취한 사람이 눈 속에 파묻혀 있다는 걸 뻔히 알면서 아내는 지금 내다보지도 않고 무엇을 하고 있을까. 혹시 잠이 들어버린 건 아닐까. 체온이 급격히 떨어져 얼어 죽을지 모른다는 생각이 든다. 얼어 죽더라도 내버려두자는 심사일까. 아내는 지금 살모사보다 더한 독을 품고 있는 것이 틀림없다.

눈 위에 두어 시간이나 엎어진 채 고통스러운 몸부림을 치고 있었다. 사태는 시간이 흐를수록 악화되고 있다. 체온에 눈이 녹아 외투까지 젖었다. 군대 시절에 얼음 깨고 팬티 바람으로 냇가에 들어간 것보다 훨씬 고통스럽다. 아내는 툇마루 옆 쪽문에 붙은 작은 유리로 나의 움직임을 보고 키득키득 즐기고 있는 것 같아 고개를 들고 두리번거릴 수도 없다. 우리 집은 고샅길 안쪽에 위치하여 지나가는 사람에게 발견되기도 어렵고 행여 어머니가 소변이 마려워 화장실에(화장실은 마당을 지나 연탄 창고 옆에 있었다) 가신다면 구조될 가느다란 희망은 있었지만 현재의 체력은 거의 고갈되었다. 끙끙 앓는 소리가 나도 모르게 튀어나왔다. 몸이 서서히 굳어 감을 느낀다. 아픈지 시린지 감각이 없는 지경에 이르렀지만 희한하게도 초저녁부터 노닥거린 고향집 작부의 하얗고 탱탱한 가슴이 눈에 아른거린다.

이제 더 버틸 힘은 남김없이 소진되었다. 남은 것은 항복뿐이다. 항복하더라도 어떤 방법으로 하여야 체면을 덜 구기고 매끄럽게 할 수 있을까. 백기를 들기엔 겪은 고통이 너무 허망하여 손톱 여물 썰기로 고집을 부리고 있는데, 아랫배가 아픈 것은 소변이 마렵기 때문이었다. 아무리 만취해도 소변은 보아야 하니 일어나도 연기가 탄로 날 일은 아니었다. 막걸리를 마셔 진작부터 소변이 마려웠지만, 몸이 얼어있어 감각이 둔하여 모르고 있었다. 일어서려는데 몸이 말을 듣지 않았다. 연기가 아닌 실제 상황이기에 겁이 덜컹 났다. 비틀비틀 일어서다 옆으로 꼬꾸라지고 말았다. 쓰러진 소리에 아내가 놀랐는지 황급히 문을 열고 나오는 소리가 들린다. 아내는 내 행동을 빠트리지 않고 쪽 유리를 통해 보고 있었던 것이 틀림없다. 그렇다면 연기는 계속해야 한다. 조금은 과장되게 비틀거리며 연탄 창고로 들어가니 아내는 날쌔게 외투 자락을 잡아끌며 "화장실은 이쪽이잖아요." 하고 앙칼지게 소릴 질렀다. 화장실로 들어서며 웃음이 터져 나온다.

일부러 연탄 창고로 들어가는 척하며 아내를 또 한 번 속였기 때문이었다. 지퍼를 내리고 한참을 서 있어도 소변이 나오지 않고 감각도 없다. 방광이 얼고 불알도 꽁꽁 얼었나 보다. 몸을 녹여 소변이 원활히 나오게 하려면 보름 정도는 찜질방에 드나들어야 되려나 보다. 그 후 술주정 연기는 땡 소리를 내고 말았다.

경로 교통 카드

삼라만상이 잠이 든 시간, 눈곱도 떼지 않고 집을 나섰다.

마을 회관 앞 가로등이 새벽안개 품에 안겨 단꿈을 꾸고 있다. 자동차 소리에 선잠이 깬 개들이 일제히 잠투정하고, 산마루에 걸린 갈고리달이 자동차 지붕에 올라 나를 따라나설 채비를 한다. 읍내 한적한 곳에 차를 세워두고 서울행 버스에 오르니 창밖은 갓밝이가 되었다.

작년 이맘때 면사무소에서 받은 경로 교통 카드로 공짜 전철을 타고 온양으로 온천 가는 길이다. 말이 경로 카드이지 쓰레기장에 내다 버린 부서진 장롱이나 폐기될 냉장고에 붙은(대형 폐기물 배출 신고필증)스티커와 다를 게 없다는 생각이 들자 씁쓰레하고 서글펐다. 나는 불로장생할 것이라 여기며 살았는데, 벌써 국가에서 발급하는 노인증이라니 기가 막힌다. 옆을 돌아볼 겨를도 없이 앞만 보고 달려왔다. 경로 카드를 받고 뒤돌아보니 일모도원(日暮途遠 날은 저물고 갈 길은 멀다)이다. 자식들도 짝을 지어 둥지를 떠났다. 이제야 내가 살아있다는 걸 깨달았고, 종착역이 멀지 않았다는 것도 알았다. 경제력이 있는 사람이야 자가용 타고 골프장 가고, 호텔에서 식사도 하고, 경치 좋고 분위기 좋은 곳에서 차 마시며 하루를 보내겠지만, 고만고만한 친구들은 기껏해야 공짜 전철 타고 목욕한 후 싸구려 점심 한 끼 때우려고 새벽길에 나선 것이다.

내가 사는 곳에서 가까운 춘천으로 가길 바랐지만, 경춘선이 복선으로 개통되는 날부터 할 일 없는 노인들이 몰려들어 경춘선이 아니라 경로선이라는 비아냥거림을 들었던 터라, 우리는 온양으로 방향을 틀었다. 한가할 것으로 예상했던 이곳도 별반 다르지 않았다. 이른 시간인데도 승객 대부분이 병든 병아리처럼 졸고 있는 노인들이라, 심청전에 나오는 봉사들과 함께 잔치에 불려 가는 기분이었다. 사방을 둘러보니 우리는 그래도 싱싱한 편에 속했다. 눈을 씻고 봐도 영감들만 가득하지 할머니들은 한 명도 보이지 않았다. 더듬어보니 심청전에도 영감 봉사들만 와글거렸지 할머니 봉사는 못 본 것 같다. 전철이 공짜니까 만 원짜리 한 장이면 이백리 길을 여행하고 온천장 가서 점심 먹고 시내 관광까지 할 수 있으니 노인들의 소일거리로는 안성맞춤이었다.

진작 명퇴한 친구가 접때부터 백수건달이 된 친구들을 꼬드기기 시작했는데, 나도 그중 한 사람이다. 싫다는 내게 진드기처럼 달라붙어 우담화를 보여줄 것처럼 성화를 부리는데 더는 버틸 재간이 없었다. 내가 친구들과의 동행에 선뜻 응하지 못한 데에는 오줌소태 증세가 있어서다. 따라서 긴 시간 여행은 자제하고, 꼭 가야 할 일이 있으면 화장실이 준비된 기차를 이용한다. 과거엔 그러지 않았다. 내가 오줌을 참을 수 있는 시간은 세 시간 정도다. 곤장을 친다 해도 그것이 한계다. 전철을 탄 지 두어 시간쯤 된 듯한데, 천안역이 아직도 두 정거장이나 남았다. 오늘은 평소보다 방광이 빨리 차는 것 같아 천안역에 내려 오줌을 누고 갈까 했는데, 그리하면 다음 전철을 타야하고 삼십 분을 기다리면 약속 시간도 어기게 된다. 옆 사람에게 물어보니 온양까지는 금방 간다기에 참고 견디기로 마음을 정했다. 불과 십여 분을 지난 것 같은데 아랫배가 짜릿짜릿하고 사타구니에 경련이 일기 시작했다. 마음이 불안하니 차창으로 스쳐 가는 아름다운 풍경들은 하나도 눈에 들어오지 않았다. 한 정거장 가는데 왜 이다지 더딘지 모르겠다. 용을 쓰니 식은땀이 난다. 수캐 영역 표시하듯 찔끔찔끔 소변을 자주 보는 증세는 큰 수술을 받고 난 후에 생겼다.

온양 역에 도착했다.

내가 뒤쪽에 탔는데 역사로 나가는 출구는 앞쪽 한 곳뿐이다. 몹시 급한 상황이다. 흘릴 것 같아 뛸 수도 없다. 설마가 사람 잡는다더니 바지를 적실 지경인데, 역사로 내려가는 계단엔 정체가 심하다. 중풍 끼가 있어 몸이 자유롭지 못한 노인들이 다리를 끌거나 팔을 흔들며 여럿이서 느릿느릿 내려가고 있었기 때문이다. 중풍 든 사람끼리 단체로 나들이 나온 모양이다. 여기서도 머피의 법칙은 어김없이 적용되었다.

일 초가 바쁜 마음이라, 몸도 성치 않은 영감탱이들이 집안에 가만히 있지 뭣 하러 쏘다녀서 다른 사람에게 피해를 주는가 싶어 찜부럭이 났다. 하지만 나도 언제 저리될지 모른다는 생각이 퍼뜩 들어 곧바로 가엾다는 마음으로 고쳐먹었다.

변기 앞에 내가 세 번째로 줄을 섰다. 허리가 굽은 어르신이 수압 낮은 달동네 수도처럼 질질거리며 서 있다. 힘을 준다고 오줌 줄기가 굵어질 것도 아니지만, 힘 좀 주라고 소리치고 싶었다. 그런데 이 영감이 염장을 지르려고 작정을 한 것 같다. 오줌을 다 누었으면 냉큼 옆으로 비켜서야지 한없이 털고 서 있는 것이다. 줄까지 잘못 섰다. 옆줄은 두 사람이 바뀌었는데, 이제 앞에 섰던 노인이 변기 앞에 다가섰다. 이 노인도 앞에 섰던 노인보다 나을 게 없었다. 그때야 지퍼를 찾는지 더듬거리고 있다. 나처럼 미리 꺼내 놓고 있으면 좋으련만, 늙으면 저렇게 굼떠지나 보다. 하기야 젊은 사람도 굼뜬 인간 있다. 톨게이트 창구 앞에 와서 지갑 찾고 난리 치는 인간이다. 막힘없이 쭉 왔다면 이해 못 할 것도 없다. 차가 막혀 서다 가다를 반복했는데도 창구 앞에 와서 윗주머니 바지 주머니 뒤지고 난리 치는 인간은 얄밉다. 나는 이미 국 쏟고 뚝배기 깨고 바짓가랑이가 젖어버린 상태라 이판사판이었다. 정해 놓은 목욕탕은 온양

관광호텔이었다.

이곳은 70년대에 결혼한 신혼부부들이 신혼여행을 와서 주로 숙박하던 호텔이다. 주위 환경이나 호텔 외부가 아직도 크게 변하지 않았다. 목욕탕으로 오는 도중에 내가 입은 것과 비슷한 팬티를 하나 샀다. 팬티 갈아입는 건 매우 조심스럽지만 어쩔 수가 없었다. 젊은 시절 목욕탕에서 팬티를 뒤집어 입고 귀가했다가, 아내에게 석 달 열흘을 문초 당한 기억이 나서다. 하지만 이젠 힘도 돈도 다 떨어졌는데 무슨 사달이 나겠는가.

노인 목욕료는 4,000원이었다. 목욕탕도 전철 안과 크게 다르지 않았다. 간혹 아이와 젊은 사람이 보였지만 열에 여덟은 노인들이었다. 몸이 성치 않아 보이는 노인들이 힘겹게 때를 미는 모습을 보니 마음이 아프고 동병상련이 느껴졌다. 얼굴과 몸 군데군데 퍼진 저승꽃은 상처뿐인 영광 같았다. 가장 불편해 보이고 나이가 지긋해 보이는 노인 세 분의 등을 밀어드렸다. 더 밀어드리고 싶었으나 나도 경로 카드를 지닌 사람이라 힘이 들었다.

생로병사야 비켜갈 수 없지만, 사랑하는 가족을 위해 천길 땅속도 마다하지 않았고, 모래바람에 눈을 뜨지 못하는 열사의 나라도 두려워하지 않았었다. 가족이란 울타리를 지키기 위해 전부를 버렸지만, 속절없이 가버린 세월 앞에 뒷방 늙은이 신세로 전락하여 거추장스러운 애물단지가 되어 버린 노인들이다. 둥지를 떠난 자식들은 소식마저 뜸하다. 늙었다고 그리움마저 없겠는가. 노인도 울고 싶을 때가 있다. 그러나 울 장소가 없어 슬픈 사람이다.

저 숯도 한때는 산새가 와서 앉아 놀았던 푸른 굴참나무였다. 노루꼬리 같은 초봄의 짧은 하루를 덜컹거리는 전철에서 소일하는 노인들의 일상이 왜 이리 처연해 보일까. 남의 일이 아니라는 생각 때문일 것이다.

꽁초

친구 중에 별명이 똥파리와 꽁초라고 불리는 녀석이 있다.

녀석은 먹는 곳엔 단 한 번도 빠진 적 없이 냄새를 잘 맡고 나타나서 똥파리라 하고, 또래들과 서면 머리끝이 어깨 높이와 같을 만큼 키가 작아 꽁초라고도 한다. 녀석의 또 한 가지 특징은 턱이 가슴에 붙어 고개를 들지 못하는 장애를 가진 녀석이다. 땅만 내려다보고 키가 작다 하여 얕보다간 큰코다친다. 다른 동네 아이들이 똥파리를 우습게 보곤, 해가 두 개 떠있다느니 독수리와 참새가 싸우는데 쳐다보라느니, 똥파리가 볼 수 없는 걸 뻔히 알면서 놀려대다가 코피가 터지고 간 녀석들이 한둘이 아니었다.

녀석이 하늘을 보려면 발랑 눕기 전엔 언감생심이다. 따라서 녀석을 왕따 시키려면 감이나 밤을 따러 가자고 하면 핫바지 방귀 새듯 새버린다. 녀석과 마주 서서 대화를 해도 녀석의 눈동자를 볼 수 없다. 그러나 녀석은 우리의 표정을 샅샅이 보고 있는 듯했다. 나하고도 서너 번 드잡이를 했는데 내가 모두 참패를 했다. 녀석이 땅만 보고 있는 것 같아 덤볐다가 코피가 터진 것이다. 내가 체질적으로 매우 놀라거나 피곤하면 코피가 터진다.

상대를 많이 두들겨 패고 땅바닥에 넘어뜨려 가슴 위에 걸터 앉았다하더라도 코피가 터지면 싸움은 종료되고 패자가 되는 것은 불문율이었다. 녀석의 머리카락 전부가 더듬이고 촉수인 것 같았다. 상대보다 먼저 공격하진 않지만, 상대의 움직임을 보고 주먹을 날리면 정확하게 코에 명중되었다. 녀석이 잘하는 건 싸움뿐 아니라 뜀박질도 아주 잘하였다. 아이나 친구들이 뭘 먹고 있을 때 도둑고양이처럼 접근해서 부엉이가 병아리 낚아채듯 날치기를 해서 도망가면 워낙 빨라서 잡으러 갈 엄두를 내지 못한다.

어느 날 한 아이가 할아버지 제사를 지냈다며 몽당연필만 한 문어 다리 한 토막을 가지고 나왔다. 대여섯 명이나 되는 녀석들이 나눠 먹을 재간이 없어 순서대로 한 번씩 빨아먹기로 하였다. 처음엔 짭짜름하니 상큼하고 향긋한 문어 냄새가 오감을 자극하였다. 여러 녀석이 돌려가며 송아지가 엄마 젖을 빨듯 쪽쪽 빨다 보니 맛도 없어졌거니와 색깔도 돌문어의 갈색은 온데간데없고 희멀건 하게 퉁퉁 불어 있었다. 그때 똥파리가 냄새를 맡고 나타나 문어 다리를 날치기하여 도망을 가버렸다. 단물은 다 빨아 먹었지만 한두 번 당하는 게 아니라 언제 또 당할지 몰라 녀석의 버르장머리를 고치기로 작당을 하였다.

국화빵을 반으로 잘라 안에 든 팥소는 빼먹고 그 자리에 닭똥을 넣어 똥파리 녀석을 유인하기로 했다. 멀리서 보면 볼때기가 불룩할 정도로 맛있게 먹는 척하고 닭똥이 든 빵은 날치기하기 좋도록 들고 있었다. 예상대로 녀석이 날치기를 하여 도망가는데 우리는 토끼몰이 하듯 고함을 지르며 뒤 쫓는 척 아우성을 쳤다. 녀석이 도망을 가면서 급한 나머지 제대로 씹지도 않고 꿀꺽 삼켜버렸다. 닭똥의 고약한 냄새는 삼킨 후에도 위력을 발휘하는 모양이다. 해거름이 되기 전부터 전봇대 밑에 쪼그려 앉아 3년 전에 먹은 것까지 토하더니 어둠이 짙게 내려앉을 때까지 눈물과 콧물을 흘리며 꽥꽥거렸다.

다음 날, 똥파리는 닭똥을 먹인 주모자를 탐문해서 찾았는지 아니면 어떤 녀석이 아부 차 간살을 부렸는지 모르지만 나와 맞짱을 뜨기로 했다. 녀석과 싸워서 한 번도 이긴 적이 없지만 피할 수는 없었다. 이제 곧 4학년이 되기도 하지만 키가 한 뼘이나 내가 크고 고개마저 들지 못하는 녀석에게 피한다는 건 자존심이 허락하지 않았다. 어두워지면 학교 운동장에 가서 사생결단을 내기로 했다. 교문이 잠겨있어 담을 넘어 들어갔다. 보름 전후였는지 달빛이 대낮같이 밝다. 사금파리 잔 조각인지 모래인지 달빛을 받아 운동장 군데군데서 반짝이고 있었다. 겁을 먹거나 깜박 잊고 안 나왔으면 했는데 똥파리가 먼저 나와 있었다. 녀석을 보니 가슴이 뛴다. 잘못했다고 말할까, 아니면 도망이라도 가버릴까 혼란스러웠다. 심호흡하고 가만히 생각해보니 겁먹을 일도 아니었다. 지금껏 싸워서 내가 진 것은 코피가 터져 패한 것이지 힘이 없어 진 것은 아니었다. 기어코 이번에는 똥파리를 이겨야 한다. 녀석과 대결 자세로 마주 섰다.

다리가 후들거리고 숨이 막힐 정도로 가슴이 뛰더니 코에서 비릿하고 뜨뜻한 물질이 흘렀다. 싸우기도 전에 코피가 터졌나 보다. 극도로 긴장해도 코피가 터지는 것일까. 녀석이 코피가 터졌다고 일러주었다. 보통 사람이면 가까운 거리라 코피의 존재를 정확히 판별할 수 있겠지만, 똥파리는 땅만 바라보고 위쪽은 볼 수 없어 모를 줄 알았는데 빠짐없이 다 보는 것 같아 두려움이 더욱 커졌다. 그런데 녀석이 내 머리를 뒤로 젖혀 코피가 멎도록 이마를 토닥여주었다. 싸움은 달님이 말렸다.

중학생이 되면서 이사를 가고 오는 바람에 똥파리와 나는 떨어져 살았지만, 친구들 모임에는 빠짐없이 참석했다. 초승달이 그믐달이 되고 다시 보름달이 되면서 우리는 결혼 적령기가 되었다. 친구들 모임에서 내 결혼 날짜가 정해졌음을 알리고 함진아비는 누가 했으면 좋겠냐고 물었다. 그런데 똥파리가 기다렸다는 듯 자기가 하겠다고 나섰다. 예상하지 못한 일이라 놀란 건 나뿐 아니라 다른 친구들도 마찬가지였다. 솔직한 내 심정은 함이 가는 날 똥파리가 나타날까 봐 마음 졸였는데 자진해서 함을 지겠다니 어안이 벙벙하였다. 함은 친구 중 외모가 걸출하거나 집안이 화목하고 결혼을 해서 아들을 낳은 사람이 지는 것이 일반적이었다. 움딸의 눈으로 봐도 똥파리는 부적격한 사람이지만 아무도 너는 안 된다고 말하지 못했거나 안 했다.

함을 져달라고 부탁을 했어도 정중하게 사양해야 옳은데 깜냥하지 못하고 엄부럭부리는 녀석이 남세스럽기도 하고 야속하다는 생각도 들었다. 그러나 달리 보면 장애를 가졌다는 이유로 늘 친구들 뒤에서 깜부기 취급을 받았는데 친구들 앞에 서보고 싶은 마음이 어찌 없었겠는가. 내가 똥파리의 기를 살려주기로 마음을 바꾸었다. 녀석이 평소 보지 못한 깔끔하고 고급스러운 양복을 입었는데 몸에 맞지 않는 것으로 보아 어디서 빌려 입은 게 분명해 보였다. 누가 어디서 구했는지 보기 드물게 큰 오징어로 얼굴은 가렸지만 숙이고 있는 고개는 감추지 못했다. 대문 앞에서 함 값을 더 내놓으라며 실랑이를 벌일 때 똥파리가 고개를 들지 못하자 구경꾼들은 함진아비가 수줍음이 많다며 수근거렸다.

함진아비 일행을 위해 소담한 술상이 차려졌다. 찬바람이 불려면 아직 멀었는데 똥파리는 때 아닌 두꺼운 목도리를 목에 걸고 풀지 않았다. 목이 붙은 장애를 감추어보려는 의도이리라. 신부 측 사람들이 계속 고개를 숙이고 있는 것이 이상해 보였는지 힐끔힐끔 쳐다보자 녀석은 어깨를 뒤로 한껏 젖혔으나 어색함은 여전하였다. 나중에 들었지만 떳떳한 사람만이 할 수 있는 함진아비를 죽기 전에 꼭 한번 해보고 싶어 나에게 맵살스러운 짓을 하여 미안해했다고 한다. 똥파리는 친구들이 반가워하거나 말거나 경조사에는 어김없이 나타난다.

녀석은 친구들의 소식통이다. 성능 좋은 안테나로 팔도에 흩어져 있는 친구들의 일상을 손금을 보듯 훤히 꿰고 있다. 친구들의 경조사가 있을 때 똥파리에게만 알려 주면 빠짐없이 전달된다. 똥파리는 즐거움을 전해 주고 슬픔도 전해 준다. 아침 햇살에 업혀 온 까치 소리가 창문을 두드린다.

똥파리에게서 기쁜 소식이 오려나 보다.

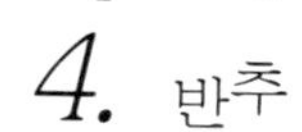

4. 반추

망 신

저녁 9시 티브이 뉴스가 시작되면, 이마가 홀랑 벗겨진 대통령이 어김없이 등장하던 때다.

흐린 날, 선글라스를 끼고 상의 단추 두 개를 푼 채 삐딱하게 거리를 활보하다 삼청 교육대에 끌려가서 보리타작 하듯 얻어맞아 한동안 헛소리를 해대던 후배의 경험담을 들으면서 억울하겠다거나 가엽다는 생각은 안 들고 자꾸만 웃음이 나왔다. 매 맞을 때의 상황을 맛소금과 조미료를 뿌려가며 재미있게 설명한 탓에 도저히 더는 참을 수 없어 아랫배를 움켜쥐고 웃어버렸다. 위안을 받으려고 한 말은 아니겠지만, 눈물까지 찔끔거리며 웃어버린 나의 가벼운 처신에 후배의 입이 댓 발이나 나왔던 날도 그때다. 시국이 몹시 불안하였지만, 더는 월급쟁이로 꿈을 이룰 수 없다는 판단에 따라 미련 없이 사직서를 던졌다.

사업하려면 기동성이 있어야 하니 자동차가 필요했다. 퇴직금으로 우선 포니2라는 소형 승용차 한 대를 샀다. 당시엔 차를 사면 맨 먼저 들리는 곳이 시트 커버하는 집이었다.

지금처럼 시트 질이 좋지 않은 탓도 있었지만, 폼을 잡기 위한 과시용으로 여름용 두 벌과 겨울용 한 벌을 맞췄었다. 여름용은 주로 하얀색이었고, 겨울용은 다반사가 모직으로 했다. 멋쟁이는 사철을 흰색 커버를 하고 토끼털 방석을 놓는 사람도 있었고, 여우 털을 통째로 깔고 앉는 사람도 있었다. 나도 그렇지만 보통 사람에겐 자동차가 재산목록 1호 이기에 사치하는 사람이 많았다. 그리고 뒷좌석 선반에는 티슈(화장지)가 장식용으로 놓였다. 티슈가 담긴 종이 상자도 실크로 커버를 하여 예쁘게 장식하는 사람도 제법 있었다. 당시 화장실에서 두루마리 휴지를 사용하는 사람은 부잣집에나 가능했다. 우리 집만 해도 헌 소쿠리에 신문지를 잘라 놓거나 헌 잡지를 놓았다가 두 장도 아닌 한 장만 찢어서 사용했다. 배탈이 났거나 개운치가 않아서 두서너 장을 사용했다간 아껴 쓰지 않는다고 잔소리를 들어야 했다.

시트커버집 사장이 권해서 티슈 통을 놓긴 했지만 어떤 때 사용하는지 용도도 몰랐다. 자가용 타는 사람들은 비염에 걸려 늘 콧물이 흐르는지 물어보고 싶었지만, 촌놈이라 할까 봐 입을 다물었다. 아마도 나는 이런 화장지를 씁니다, 자랑하고 싶어서 그랬지 싶다. 또한, 시트커버 집에는 차량 내부 인테리어는 물론 멀쩡한 타이어를 빼고 프랑스제 미셸린과 미국제 굿이어 같은 외제 타이어로 바꾸는가 하면, 음악을 좋아하는 사람은 고급 카세트로 교체하는 사람도 더러 있었다. 사정이 이렇다 보니 시트커버 집은 늘 시장바닥처럼 붐볐다.

내가 거래한 집은 총각 3형제가 직원 몇 명을 두고 운영하는 곳이었다. 시트커버에 때가 묻어 세탁할 요량으로 늦은 시간에 들렀다. 그때는 퇴근 시간이 따로 정해진 것이 아니고 손님이 있는 한 늦게까지 일을 했다. 저녁 먹을 시간이 늦은지라 근처 식당에서 밥을 시켜 나도 함께 먹었다. 작업이 끝나서 가려는데 총각 사장이 내 소매를 잡아끌었다.

집안에 급한 일이 생겨서 내일 매장 문을 닫아야겠다며 금일 휴업이라는 글을 써달라는 것이다. 한글은 자기들도 삐뚤거리지만 쓰겠는데 한문으로는 못 쓰겠단다. 소형차지만 자가용을 타는 사장이니 한석봉이나 왕희지만큼은 아니지만, 출입문에 내걸어도 쪽팔리지는 않게 쓸 것이라 여겼던 것 같다. 새끼손가락만큼 굵게 나오는 펜과 백지를 코앞에 내밀었다. 내가 쓸 수 있다 없다 변명할 여지없이 코가 꿰었다. 내가 써보지 않았으니 한글로 쓰면 좋겠다고 했지만, 이왕이면 한문으로 근사하게 써서 붙이고 싶다고 고집을 부렸다. 단골집만 아니면 어떤 핑계를 대더라도 도망쳤을 텐데 그럴 수도 없었다.

시트커버 매장 구석에 고양이 낯짝만 한 탁자 앞에 앉았다. 내가 도망이라도 갈까 봐 그러는지, 아니면 일필휘지로 써놓고 만면의 웃음을 머금은 내 표정을 보려는지 알 수 없지만, 삼형제가 내 주위에 둘러앉고 섰다. 낭패라도 이런 낭패가 없었다. 화장실에 다녀 온 지 얼마 되지 않았는데 자꾸만 소변이 마렵다. 나는 불안하거나 당황하면 어김없이 도지는 증상이다. 도무지 금(今)자가 어떻게 생겨먹었는지 그림자도 생각나지 않았다. 당황이 지속되니 식은땀이 나려고 한다. 내가 글을 몰라서 당황하고 있다는 모습을 보이기는 싫었다. 담배를 연속으로 두 개비를 피우면 생각이 날지 모른다는 기대를 했지만 몽롱하긴 마찬가지였다.

빨리 문 닫고 퇴근해야 하는데 글은 쓰지 않고 담배만 빨아대니 삼형제가 지루했던지 맏형은 내 좌측에 바투 앉고, 둘째는 맞은편에 서고, 막내는 내 우측에 둥근 의자를 놓고 앉아 모두 나를 빤히 바라보았다. 그때 빈 그릇을 가지러 온 식당 과수댁이 얼굴을 디밀었고, 총각 사장 애인도 빈자리에 다가섰다. 마치 내가 길거리에서 사주와 관상을 봐주는 점쟁이라도 되는 냥 둘러앉아 나를 빤히 바라보았다. 또 담배 한 개비를 꺼내 물었다.

30년 전, 그때만 해도 졸부는 흔치 않았다. 자가용을 탈 정도면 교육 수준도 높고 경제력도 있을 것이니 금일 휴업 같은 글자는 아버지 이름보다 쉽게 쓸 것이라 여겼던 것 같다. 이제 결정을 내려야 한다. 마냥 담배만 빨고 있을 수는 없었다. 담배 세 개비를 피웠지만, 도대체 금(今)자가 생각이 안 나 머리가 터질 것 같았다. 시간을 지연시킨다고 생각날 것 같지 않았다. 삼수갑산을 가더라도 다른 방법이 없어 다음과 같이 써버렸다.

'金日休業'. 삼형제와 식당 과수댁이 과연 자가용 타는 사람은 다르다는 듯 부러운 눈으로 바라보았다. 부러운 눈으로 바라볼수록 나는 하품하다 똥파리를 삼킨 기분이었다. 이렇게 간단하게 쓸 걸 왜 그렇게 봄부터 소쩍새를 울렸느냐 하는 표정이었다. 집으로 어찌 왔는지 모를 정도로 머리가 복잡했다. 차에서 내리려는데 금(今)자가 생각이 났다.

재빨리 시트 집으로 차를 돌렸다. 이미 안내 글은 출입문 유리 안쪽에 걸려 있어 바꿀 수도 없었다. 내일 매장으로 온 고객과 지나다니는 사람들이 이 글을 보고 얼마나 웃을까를 생각하니 얼굴이 화끈거렸다. 오랫동안 우세스러워서 그 집에 못 갔는데 카버 바꿀 때가 되었는데 왜 안 오느냐고 전화가 빗발쳤다. 그때 이제 '今' 자를 써야 하는데 왜 쇠 '金' 자를 썼는지 변명거리를 찾아야 했다. 고민 끝에 그런대로 구실 거리를 하나 찾았다. 따져보니 그때 쉬는 날이 금요일이었다. 노는 날이 금요일이라 今자 대신 金자를 썼노라고 해명을 했지만, 삶은 달걀 먹고 병아리 똥 싸는 소리를 한 것 같아 얼굴이 뜨겁긴 마찬가지였다.

방학이라 집에 와 있는 손자가 숙제라며 금수강산을 한문으로 어떻게 쓰느냐며 볼펜과 종이를 가지고 왔다. 내가 한문을 읽는 데는 큰 불편이 없지만, 쓰라고 하면 자다가 벌떡 일어날 만큼 경기를 하는 사람인데 또 한문을 쓰라고 한다. 머릿속으로 계산해보니 수(繡)자는 보고 쓰라고 해도 자신이 없었다.

"지금 할아버지 바쁘니까 조금 있다가 알려줄게." 하고 돌려보냈다.

사서삼경은 아니어도 천자문 정도는 다시 배워야 한문 공포에서 벗어 날 수 있으려나 보다.

푼수

내가 가끔 들리는 우체국 직원은 세 명인데, 국장을 제외하면 두 명인 셈이다.

한 사람은 우편물을 취급하고 다른 한 사람은 금융을 취급한다. 고객 대부분이 가까운 지역 사람이다 보니 출입문을 들어서는 고객과 직원 간의 인사말도 가관이다.

"고추 모종했어요? 철물점 박 사장이 고혈압으로 쓰러졌대요. 아이고, 어쩌면 좋아요. 천안슈퍼 아주머니가 위암이래요. 개 값이 똥값이라 사료 값도 안 나와요. 미장원 주인과 이발소 주인이 대판 싸웠다면서요?"

장터 국밥집에서나 들을 수 있는 말들을 우체국 내에서 왁자지껄하게 주고받는다. 그뿐만 아니라 우체국이 물물 교환 장소로도 이용된다. 전자 제품이나 헌 옷 따위를 가지고 나와 서로 바꾸기도 하고, 버섯이나 곰취 나물 같은 푸성귀도 우체국에 갖다 놓으면 직원이 팔아 주기도 한다. 그래서 우체국은 늘 장터처럼 소란스럽다.

금융을 취급하는 50대 중반의 여직원은 흔한 전자계산기와 컴퓨터를 앞에 두고도 계산을 할 때면 굳이 주판알을 튕긴다. 사용하는 주판이 몇 세대를 이어받은 듯 손때가 묻어 들기름에 담갔다 꺼내 놓은 것처럼 반질거리고, 알이 닳아 변형되었지만 손놀림은 신기에 가깝다. 마치 60년대 우체국에 와 있는 것 같다.

고객의 절반은 노인이라 아들딸에게 보낼 편지나 소포의 주소는 물론 돈을 입출금할 때도 전표 작성을 우체국 직원이 대필해 줄 때가 있다. 사정이 이러하다 보니 미안한 마음에 농사 지은 오이나 푸성귀를 가져다주는 사람도 더러 있다. 나는 우체국에 드나드는 일이 많지 않아 어쩌다 들러보면 이방인 취급을 당하기 일쑤다.

고객인 나를 옆에 세워 두고 사적인 이야기를 끊임없이 할 때가 있는데, 어떤 할머니는 며느리 흉보기를 시작하여 동네 이장이 게으르다느니, 부녀 회장이 꼬리를 치고 다닌다느니, 엘피지 가스통의 양이 부족한 거 같다느니 업무와 관계없는 말을 길게 하는 바람에 내 시간을 허비하게 하여 가끔 짜증이 날 때가 있다.

민원 창구가 이렇게 무질서하여도 국장은 별 관심을 두지 않고 독서삼매경에 빠져있는 날이 다반사다. 어찌 보면 가족 같은 분위기를 조성하여 고객을 유치하기 위함인지도 모른다. 무게가 같은 책을 보내는데 요금이 들쭉날쭉할 때가 있는 것도 그렇고, 늘 서자 취급 받는 것도 기분이 언짢아 어떤 방법이든 얼굴을 익혀 둘 필요가 있겠다는 생각에서 책상 위에 얹힌 국장의 명패를 보고 즉석에서 서명한 책을 선물하였다.

그리고 며칠이 지난 어느 날, 서너 권의 책을 보내기 위해 우체국에 들어섰다. 입을 아귀 보다 크게 벌리고 하품을 하던 국장이 나를 보고 감전이라도 된 양, 용수철처럼 튀어 올라 반갑게 맞이한다. 담당 장관이 와도 이러지는 않을 성싶고, 세상 떠난 조상이 살아와도 이런 환대는 받기 어려울 성싶다.

국장의 과한 행동에 놀란 두 직원이 눈을 크게 뜨고 돈뭉치를 든 채 자리에서 일어났다. 고객용 컴퓨터에서 바둑을 두고 있던 할아버지가 사태가 예사롭지 않다고 판단했는지 엉거주춤 일어나서 국장과 나를 번갈아 쳐다보고, 우표에 풀칠하던 젊은 여인도 놀랐는지 동작을 멈추고 나를 바라본다. 춘향전의 암행어사 출두가 이러했지 싶다.

우는 아이를 달래려고 입을 앙다물던 여인도 놀라기는 마찬가지였는지 아이를 안고 급히 밖으로 피신했다. 국장이 허리를 꺾고 한마디 하였는데 그 말에 놀란 사람은 나였다.

"선생님 책 잘 읽었습니다. 지금껏 읽은 책 중에 가장 재미있게 읽었습니다."

전혀 예상치 못한 말에 쑥스러워 쥐구멍에라도 들어가고 싶었다. 그렇지 않아도 친구 녀석에게 그것도 글이라고 썼느냐며 비아냥거림을 당한 지가 사흘도 되지 않은 터라 책을 내놓기가 두렵고 내가 쓴 책이라고 말하기조차 부끄러워 전전긍긍하던 차였다. 모르는 사람이니 잘 읽었다는 인사치레는 하리라 예상했었다. 그런데 꿈에도 생각하지 않았던 국장의 과잉 칭찬에 내가 놀라고 어리둥절할 수밖에 없었다.

처음부터 나를 도다리 눈으로 힐끔거리며 소포에 끈을 묶던 대머리 사내는 대단한 놈인 줄 알았더니 별 볼 일 없는 놈이구나 하는 표정으로 나를 째려본다. 주판알을 튕기는 여직원은 나를 지나가는 사람으로 보았는데 이번엔 눈인사하며 쌩긋 웃는다. 그리곤 재빨리 손으로 입을 가린다. 치아 두 개가 빠진 모습을 나에게 보인 탓이리라. 국장이 창구 직원 옆에 서서 내가 보낼 책에 우표를 붙이는 등 일을 도와준다. 편안하게 드나들려고 하였더니 과잉 친절에 주눅이 들고 양심이 찔려 다시 오지 못할 것 같다. 펜이 칼보다 강하고 무섭다는 말이 있지만, 배고픈 사람이 글을 쓴다고 말하는 사람도 있다. 지금 나는 글을 쓴다는 이유로 분에 넘치는 대접을 받고 있다. 사탕 발린 인사말에 히죽거리는 푼수라 해도 나는 행복하다.

나를 알아주고 대접받는 것이 구름 위에 떠 있는 것처럼 황홀하고 좋은데 어쩌란 말인가.

아버지의 여자

룸살롱에서 호스티스로 있던 미스 박이 어느 날 친구의 새엄마가 되었다.

그녀의 나이가 스물네 살이었고 친구는 스무 살이었으며 아버지는 마흔일곱 살이었다. 가방 하나 달랑 들고 와서 안방 차지 한 미스 박이나 딸 같은 술집 여자와 부부의 연을 맺겠다는 아버지도 생뚱맞긴 마찬가지였다. 친구보다 더 난리를 친 사람은 누이동생과 살림을 돌봐 주던 외할머니였다. 친구가 중학생이 되던 해 어머니는 알 수 없는 병을 앓다 세상을 떠났었다. 아버지는 무역 회사 전무였는데 시간이 나면 친구와 나를 불러 탁구장이나 당구장으로 데리고 다녔다. 친구가 대학생이 되면서 여자가 술을 따르는 술집으로 우리를 데려가 술을 마시기도 했다. 우리와 허물없이 친구처럼 지내는 아버지가 한없이 부러웠었다.

어느 날 아버지가 우릴 불러놓고 미스 박이 한 가족이 될 터이니 나이나 과거를 트집 잡아 마음 상하지 않도록 조심할 것이며, 누이에게도 잘 타이르라는 말까지 덧붙였다. 나와 상관없는 일인데도 놀라서 들고 있던 컵을 놓칠 뻔했는데, 친구는 말귀를 못 알아들었는지 가타부타 말이 없었다. 내가 위로한답시고 왕조 시대엔 나이 적은 서모를 흔하게 볼 수 있었고, 공자님 부모님도 나이 차가 50년이 넘게 나지 않느냐고 했지만, 여전히 대꾸하지 않았다. 내 일이 아니라 그런지 처음에는 놀랐지만, 곧 대수롭지 않게 생각했다. 룸살롱에서 서너 번 마주 앉아 술을 마신 적은 있지만, 아버지 옆에 앉은 여자라 털끝 하나 건드려보지 않았는데 어떠랴 싶었다.

새엄마가 된 미스 박과 친구는 견원지간 같은 사이가 되었다. 맞짱 한번 제대로 뜨지 못하고 상황은 친구에게 불리한 조건으로 진행되어 갔다.

미스 박이 아버지와 같은 방에서 잠을 잔 지 석 달 만에 임신을 하였다. 충격으로 사나흘 머리띠 싸매고 몸져누웠던 외할머니가 시골로 가겠다며 집을 나서다가 도로 주저앉았고, 누이들은 이미 여자의 포로가 되어있었다. 아버지마저 여자의 치마폭에서 눈과 귀가 멀어지고 있었다. 친구가 나에게 여자 이야기를 할 때 부르는 호칭은 박 양이라 할 때가 있고, 그 여자라고 칭할 때가 있다. 드물지만 화가 나면 그 년이라 할 때도 있었다.

"그 여자 머리가 비상해, 너무 영악해서 슬슬 겁이 난단 말이야."

친구가 가끔 나에게 하는 말이다. 어느 날 “어이 박 씨” 하고 불렀더니 말벌에 쏘인 강아지처럼 펄쩍 뛰며 눈을 하얗게 치켜뜨더라고 했다. 여자가 차돌 같은 아들을 낳고 연년생으로 또 임신을 했을 때 친구는 군대를 가기 위해 휴학 중이었고, 나도 영장 나오기만을 기다리며 친구에게 빈대 붙어 지내고 있었다. 아이를 낳자마자 바로 또 아이를 밴 여자는 기세등등하였고, 아버지를 어떻게 주무르고 꼬드겼는지 경제권을 몽땅 여자에게 넘겨주고 말았다. 아버지에게 여유 있게 타 쓰던 용돈도 여자에게 타 써야 했다. 최악의 조건이었고 암담한 일이었다.

친구는 순간에 낙동강 오리알이 되었고, 국제 왕따 신세로 전락하고 말았다. 아버지는 말할 것도 없고, 할머니와 누이들도 여자의 치마폭에 엎어져서 정신을 못 차렸다. 여자는 친구를 굴복시키기 위해 집요하게 물고 늘어졌다. 우선 아버지가 냉정하게 돈줄을 끊었다. 하는 일 없이 빈둥거리던 때라 외상술을 마셨지만 오래가지 못했다. 군대라도 갔으면 좋으련만 영장마저 늦게 나왔다. 외상 술값 독촉도 견디기 어려웠지만, 교통비가 없어 돌아다닐 수가 없으니 큰 고통이었다.

여자가 설치한 올무에 꼼짝달싹할 수 없이 걸려든 기분이었다. 엄마로 인정하지 않는 한 땡전 한 닢 줄 수 없다는 것이었다. 아버지에게 매달렸지만, 지청구만 들어야 했다. 여자는 명실공히 엄마 자리에 앉기 위해 목숨을 건 것처럼 집착했다. 백기를 들고 항복한 할머니와 포로가 된 누이들은 이미 심복이 되어 친구를 설득하려고 했다. 아이를 낳고 호적 정리도 끝났는데 나이와 과거가 무슨 소용이냐고 달랬지만 친구는 요지부동이었다. 어찌했거나 돈을 타내기 위해서는 여자의 마음을 돌려야 했고, 내가 독립군 행세를 해야 했다. 용돈만 두둑하게 준다면 엄마가 아니라 증조할머니라고 부를 수도 있었다. 용돈이 떨어지니 친구보다 빈대 붙어사는 내가 더 안달복달했다. 내가 대신 가족들이 다 모인 곳에서 어머니라 부르기로 했다. 사면초가에 빠진 친구는 투항 말고는 뾰족한 수가 없는데도 천하태평이었다.

아버지도 은근히 어머니 대접해주길 바랐다. 대세는 이미 기울었는데, 살신공양하여 외상 술값이라도 갚아야 했다. 나의 거사를 귀띔 받은 친구는 쓰다 달다 말이 없었다. 그렇다면 해보라는 의미일 것이다. 거사 날짜는 며칠 후 아버지 생일 날로 잡았다. 빈대 붙어산다는 게 그리 녹록한 것이 아니었다.

내가 살신공양하기로 한 데는 내 엄마가 아니기도 했지만, 한두 번 장난삼아 부르면 용돈이 두둑하게 나올 것이기 때문이었다. 또 한 가지 궁색한 변명을 한다면, 친구를 뺀 모든 가족이 엄마의 자격을 인정했고, 여자가 논다니 출신답지 않게 손톱을 기르거나 화장을 진하게 하지 않았으며, 술과 담배를 가까이하지 않았고, 사치하거나 외출도 잦지 않았으며, 가정주부로서 조신 한데가 있었기 때문이었다. 솔직하게 고백하면 돈에 눈이 먼 까닭이었다.

아버지 생신날, 마음을 단단히 먹었지만, 현관 앞에 서니 가슴이 마구 뛰었다. 친구가 묵인은 했지만, 썩 내켜 하지 않았고 또래의 여자에게 엄마라고 부른다는 것이 여간 자존심 상하는 일이 아니었다. 한편 돈의 위력 앞에 망가지기로 마음을 정하니 자존심은 무슨 얼어 죽을 개뼈다귀인가 싶었다. 용기를 내어 현관문을 열었다.

여자는 돌아서서 음식을 만들고 있었다. 마른기침을 두어 번 하고 너스레를 떨며 제법 큰소리로 인사했다. "어머니! 저 왔습니다." 어릴 적 오줌 싸서 키를 덮어쓰고 소금 얻으러 갈 때보다 더 얼굴이 화끈거렸다. 여자는 듣지 못했는지 하던 일을 계속하고 있었다. 어찌 보면 듣고도 한 번 더 부르라고 앙큼 떠는 것 같기도 했다. 부엌보다 멀리 떨어진 거실에 있던 아버지가 듣고 나를 맞이했기 때문이다.

다시 한 번 크게 외쳤다. 여자는 깜짝 놀란 표정으로 가볍게 손뼉을 치면서 한마디 툭 던지는데, 하마터면 그 자리에 주저앉을 뻔하였다. 영락없이 월매가 이몽룡을 맞이하는 폼이었다. "오, 오! 미스터 정 왔는가! 어서 오게." 세상 떠난 할머니가 환생한 줄 알았다.

어쭈구리 이것 봐라, 싸라기밥만 먹었나. 생각보다 훨씬 강하게 나오니 긴장이 되었다. 산전수전 공중전까지 치른 여자라 얕잡아 보진 않았지만, 생각보다 훨씬 대찬 여자였다.

내가 어머니라고 하는 바람에 놀란 사람은 여자뿐 아니라 아버지와 외할머니 그리고 누이가 입을 벌린 채 황소 눈을 떴다. 나를 외계인 바라보듯 하던 친구는 터져 나오는 웃음을 참느라 용을 쓰는 듯했다. 소담하게 차려진 밥상 앞에서 또 한 번 염장 헤집는 소리를 들어야 했다.

닭다리 하나를 쭉 찢어주며, "우리집 큰애와는 어릴 적부터 친한 친구랬지?"

큰애라는 말에 친구 입 속에 있던 밥알이 튕겨 나왔다. 숟가락질을 멈춘 누이가 나와 친구의 표정을 살폈다. 저 여자의 속은 무엇으로 채워져 있을까. 월매 빰을 쳐도 왕복을 치고도 남을 여자였다.

친구와 내가 군대에 있는 동안 여자는 연년생으로 아들을 낳았다. 큰아이가 다섯 살이 되던 해 아버지는 외국 출장 중에 심장 마비로 세상을 하직하셨다. 그때 여자의 나이는 스물아홉 살이었다. 친구의 아버지는 상당한 재산을 남겼다. 여자가 아이를 두고 돈만 챙겨 재가할 것이니 아이 떠맡아 고생하지 말고 재산 관리에 신경 쓰라 일렀지만, 친구는 재산에 관심 두지 않고 초연했다. 조그마한 집이라도 하나 사서 분가하라 했지만, 친구는 고집을 부렸다.

"인연은 여기까지인 것 같습니다. 제 몫의 재산은 아이 키우는 데 쓰시고, 어떤 경우라도 아이 때문에 내가 신경 쓰지 않도록 해 주십시오." 친구가 여자와 작별하면서 한 인사말이었다. 여자는 여러 차례 화해를 시도 하였으나 친구는 꿈쩍도 하지 않았다.

속절없는 세월 속에 여자의 나이가 마흔 중반이 되었다. 늙은 지아비에 대한 그리움을 견디지 못함인가. 젊은 나이에 수절하며 아이에게 정성을 다하던 여자는 한조각 구름 되어 석양에 묻어갔다.

친구는 아버지의 여자 영정 앞에 꿇어앉아 어깨가 흔들리고 있었다. 친구가 그토록 미워하던 사람을 저토록 슬퍼하는 연유가 무엇일까. 아버지 만나 청상으로 살다 간 여자가 측은해서일까. 여자가 그토록 듣고 싶어 하던 말, 엄마라고 한번 불러주지 못한 회한일까.

아버지의 여자는 산비둘기 울음소리를 동무하여 뒷산으로 넘어갔다.

군화軍靴

∞

친척 아이가 휴가 길에 들렀는데 벗어 놓은 군화軍靴가 아담하고 귀여워 조금은 낯설다.

나는 발이 약간 기형으로 생겨 신발을 터무니없이 크게 신는다. 신발 때문에 친구들은 임꺽정이나 항우의 발이 내 발과 비슷할 것이라느니, 소도둑놈 발과 영락없을 것이라며 험담을 늘어놓는다. 사실 틀린 말이 아니다. 발등이 유달리 두꺼워 보통 신발은 신을 수 없을 뿐이지 발바닥이 넓거나 길어서 신발을 크게 신는 건 아니다. 목이 긴 군화는 신발 속에서 발이 따로 놀기 때문에 신발 속에 양말을 밀어 넣고 다녔다. 신발 속 양말과 발끝이 닿는 부분엔 구두 밑창이 새우등처럼 위로 꺾여 참으로 볼썽사나웠다.

훈련을 마치고 군복과 군화를 받았다. 내가 군대 생활 할 때는 지금과 달리 사람의 체격이나 발이 크고 작은 것을 가리지 않고, 닭 모이 주듯 던져 주면 몸에 맞는 동료끼리 서로 바꿔 입었다. 내가 받은 군복과 군화는 육군에서 납품 받은 것 중에 제일 작은 것이지 싶다. 군화 끈을 최대한 풀어헤쳤지만, 발등이 들어가지 않았고, 바지는 내의를 물들여 입은 것처럼 찰싹 달라붙어 쪼그려 앉으면 가랑이가 금방 터질 것 같았다.

군대 생활의 요령을 숙지하지 못한 나는 겁도 없이 부사관에게 몸에 맞는 것으로 바꿔 달라고 당당하게 요구하였다. 갈고리눈을 뜬 부사관이 쓴웃음을 지으며, "여기가 너희 집 안방인 줄 알아? 군기가 빠져도 야무지게 빠졌다"며 주먹으로 턱을 사정없이 갈겼다. 군기가 빠진 게 아니라 턱뼈가 빠질 뻔하였다. 있는 힘을 다해 후려쳤는지 아구가 아파서 이레가 넘도록 음식을 씹지 못해 생고생했는데, 동료들이 위로는 못할망정 고문관이라며 놀려 댔다.

내무반 출입문 앞에 난쟁이 똥자루만 한 동료가 있었는데 군복과 군화를 앞에 놓고 망연자실한 표정을 짓고 앉아있었다. 똥자루는 키와 체격이 M1 소총을 세운 것과 별반 차이가 없을 정도로 작아 대대장이 훈련을 받을 수 있는지 두 번이나 물어볼 정도였다. 똥자루가 받은 군복과 군화는 치수를 잘못 쟀거나 착각하여 만들어진 불량품 같았다. 침상 위에 펼쳐놓은 군복과 군화는 광화문에 있는 이순신 장군 동상에 입히고 신기면 딱 맞을 성 싶었다. 그래도 어쩌랴, 몸에 들어가지 않는 것보다 헐렁한 게 나을 것 같아 똥자루와 바꾸기로 했다. 나한테 끼인 옷이 똥자루가 입으니 헐렁했다. 그러나 내가 입은 옷은 똥자루가 입고 신은 것보다 훨씬 헐렁헐렁했다. 이등병 계급장이 달린 옷을 입히면 천하의 멋쟁이 알랭 들롱이나 장동건도 촌놈처럼 보인다. 옷 지급이 끝나고 보니 나와 똑같은 사이즈의 옷을 입은 사람이 한 사람 더 있었다.

최 이병이었다. 최 이병은 우리와 같은 동기지만, 우리는 장인어른이라 불렀고 말도 높였다. 최 이병은 일찍 결혼하여 초등학교 3학년인 딸이 있어 장인이라 불렀다. 열아홉에 장가들어 스무 살에 낳았다고 한다. 무슨 사연이 있었기에 서른이 되어 입대했는지 알지 못했다. 나와 똥자루, 그리고 장인어른이 같은 부대에 배속되었다. 각설이도 아니고, 아이가 어른 옷을 입고 다니는 것처럼 어기적거리고 다니다 보니 누가 봐도 덜떨어진 팔푼이고 고문관이었다. 나는 그래도 군대 오기 전에 서울에서 눈칫밥을 먹은 경험이 있어 촌놈 행색은 덜 했던 것 같다. 똥자루는 체격이 너무 작고 장인은 나이가 많아 두 사람은 취사장으로 배치되었다. 당시 휴가를 가려면 태권도 2급 인증을 받아야 했다. 다른 부대엔 없는 우리 사단장의 특별 지시였다. 가랑이를 벌려본 적이 없는데, 찢어질 정도로 벌려야 했고 높이 치켜들어야 했다. 맨발로도 배꼽 위는 올라가지 않는데 무지막지한 군화를 신고 마주 선 동료의 철모를 차서 벗기라니 휴가는 아예 포기해야겠다는 생각을 했다. 몸치로 낙인찍힌 몇몇은 점호 시간 후에도 연병장에 불려 나와 야밤까지 다리를 치켜들다 보니 사타구니에 가래톳이 섰다.

M1 소총에 장검을 꽂고 보초를 선다. 달이 밝은 날은 구름에 달 가듯 구름 따라 내 마음도 고향에 간다. 어머니도 만나고 누이도 만

난다. 정화수 떠놓고 이 아들의 행운을 비는 어머니의 모습이 실루엣으로 보인다. 달도 고향 달이고, 풀벌레 소리도 고향 풀벌레 소리다. 고향 생각에 시름에 잠겨 있는 날이면 잠이 안 오는지 동기인 장인어른이 헛기침을 해가며 초소로 나온다. 손에는 늘 주먹밥 한 덩어리가 들려 있었다. 졸병 모두가 배고픈 시절이니 나를 위한 배려도 있었지만, 뇌물의 성격도 있었지 싶다. 장인은 한글을 더듬더듬 읽기는 했지만, 편지를 쓰는 데는 조금 무리가 있어 내가 늘 대필을 했었다. 장인의 편지 대필은 정말 고역이었다. 불러주는 것을 받아 적은 뒤, 빠진 것이 없는지 두 번 세 번 확인하고 뒤죽박죽된 내용을 정리하여 편지지에 정성 들여 옮겨 쓴다. 대필인 탓에 아내가 보고 싶다거나 사랑한다는 말은 차마 못 하고 딸이 보고 싶다는 말을 반복하면서 서양 사람보다 큰 코에 흘러내린 눈물이 매달린 적이 여러 번 있었다.

편지쓰기를 마무리하고 읽어 주면 꼭 넣어야 할 말이 빠졌다며 넣어 달라고 간청하는 일이 잦았다. 한두 자를 고치거나 넣는다면 적당히 우물쭈물 해보겠는데 문장이 빠졌으니 처음부터 다시 쓰는 수밖에 달리 방법이 없었다. 빠트린 문장은 대부분 안부 인사다. 고모부 안부가 빠졌다거나, 처당숙모 안부도 그렇고, 하물며 이장 안부가 빠지면 안 된다고 하여 어떤 때는 편지를 여섯 번이나 고쳐 쓴 적이 있었다. 짜증나고 화가 나서 이제 주먹밥 가지고 오지 말라며 편지지를 내동댕이치고 싶었지만, 차마 그러지 못한 것은 아내와 딸이 그리워서 흘린 눈물이 콧등에 매달려 달빛에 반짝거렸기 때문이었다.

군화가 군함 만하다고 해서 천덕꾸러기는 아니었다. 어디를 가서 군화를 벗어도 바뀔 염려가 없었고, 도둑맞을 걱정은 더욱 없었다.

첫 휴가를 갈 날이 보름쯤 남았다. 아무리 생각해도 보트 같은 이 군화를 신고 갈 수는 없어 고민하고 있었는데, 고참병이 군화를 빌려 주었다.

나는 밤낮으로 시간만 나면 군화를 닦았다. 헌 러닝셔츠 쪼가리로 구두코를 문지르고 침을 뱉어가며 문질렀다. 파리가 앉으면 배꼽이 보일 정도로 광을 냈다.

반짝반짝 광이 나는 구두를 말한다면 카바레 제비들만큼 반짝거리게 닦고 다니는 사람도 드물 것이다. 제비들은 블루스를 추며 치마 밑에 구두를 넣어 속옷 색깔을 정확하게 안다고 한다. 짓궂은 제비는 파트너가 마음에 들지 않으면 "사모님 속옷이 백옥 같아 눈이 부십니다."라고 말한다. 다음 날 우연히 또 파트너가 되었다. "사모님, 신경이 예민하시겠습니다. 오늘은 빨간색을 입으셨군요." 하면서 낄낄대니 사모님이 약이 올랐다. 이놈이 박수무당도 아닌데 속옷 색깔을 정확하게 아는 것이 놀랍고 궁금해서 한번 놀려 줄 심산으로 다음 날은 아예 팬티를 벗어버리고 나갔다. 네놈이 오늘은 절대로 못 맞출 것이라 여기며. 제비가 싱긋이 웃으며 말했다. "사모님, 오늘은 흑염소 가죽으로 만든 속옷을 입으셨군요."

사모님이 놀라고 기가 막혀 그 자리에 주저앉을 뻔했다는 우스갯소리가 있다. 내가 군화를 끊임없이 명경처럼 닦는 것은 군화에서 어머니가 보이고 고향으로 가는 뜬구름 사이로 얼핏얼핏 낮달이 되어버린 첫사랑 순이가 보이기 때문이다.

차 별

소형 용달차 운전을 잠시 한 적이 있다.

0.5톤 용달차 운전기사는 대부분 나이가 많다. 적은 비용으로 특별한 기술이나 상식이 없어도 할 수 있는 직업이라 어중이떠중이도 많다. 직업에 귀천이 없다고 말들 하지만 분명히 차별이 있다고 생각한다. 운전을 직업으로 먹고사는 사람 중에는 범접하기 어려운 사람도 더러 있다. 대통령 전용차를 운전하는 사람이나 대기업 회장 전용차를 운전하는 사람은 권력과 재력을 겸비한 사람을 오랜 시간 가까이서 보필한 사람이라 조직의 일원이라면 함부로 대하기 어려울 것이다. 그러나 용달차를 운전하는 사람은 과거가 없다. 현재도 없고 미래도 없다. 있다고 해봐야, 폼 나게 산 적이 있었다고 우겨 봐야 소용없다. 그냥 힘없는 사람이 하는 천한 직업일 뿐이다. 같은 화물차를 운전해서 먹고 사는 사람들마저 소형 용달차를 운전하는 사람은 홍어 불알처럼 만만하게 보는 게 현실이다.

큰 화물차 기사를 부를 때는 "기사 아저씨!" 라고 부르지만, 소형 용달차는 할아버지뻘 되는 노인에게도 "어이, 용달!" 하고 부른다. 실제로 과거 교장 선생님이 정년으로 퇴임했는데, 아들의 사업 자금을 담보로 제공하는 바람에 거리로 내쫓기는 처지가 되어 일흔 살이 넘었지만, 용달차를 운전하는 사람도 보았다.

내가 용달차를 운전할 무렵 지인이 고급 호텔에 근무하다 정년 퇴임을 하게 되었다. 퇴임 전에 음식 대접을 하겠다며 호텔로 초대를 받았다. 대중 교통을 이용하거나 택시를 탔더라면 좋았을 걸, 하도 뭇사람들에게 무시당하던 터라 용달차 타고 호텔에 밥 먹으러 가야겠다는 억하심사가 생겼다.

손수레 같은 용달차를 운전하고 호텔 정문을 들어서니 국군 의장대 같은 복장을 한 도어맨이 손으로 햇빛을 가리고 허리를 굽혀 쳐다보았다. 유리가 선팅이 되어 차에 탄 사람이 잘 보이지 않은 탓이리라. 가까이 다가가니 호루라기를 휙 불며 요란한 손짓을 한다. 빨리 꺼져버리라는 신호 같았다. 몽니를 부리기 위해 고급 승용차가 정차하는 중앙에 차를 세우고 아내를 내리게 했다. 물론 문을 열어주고 허리를 굽힐 턱이 없었다. 고급차였다면 상체를 너무 굽혀 엉덩이가 하늘로 치켜 들렸을 것이다. 아내는 호텔 밥 먹는다고 미장원에 다녀오고 장롱 깊이 넣어 둔 귀걸이와 목걸이는 물론이고 큼직한 반지도 구색을 갖춰 나온 터라 손을 이마에 대고 귀부인 행세를 했다. 내가 소리쳤다.

"아! 여기 밥 좀 먹으러 왔는데 차를 어디 다 세우지요?" 최대한 느끼하고 건방지게 물었다. 내가 용달차를 운전하고 왔지만, 머리에 무스를 바르고 아들 결혼식 때 딱 한 번 입었던 양복에다 홍콩 여행 때 야시장에서 구입한 짝퉁 구찌 시계도 손목에 걸었었다. 도어맨은 상류층을 가까이하다 보니 고급 향수 냄새가 코에 뱄다는 말을 들은 터라, 오래되긴 했지만 조금씩 남은 두 가지 향수를 뿌렸다. 내 앞에 바투 서서 대화할 때 몸에 밴 땀 냄새를 헷갈리게 하기 위함이었다.

햇볕에 그을린 얼굴이 촌스럽고 자동차가 쪽팔리긴 했지만, 이런 호텔에 드나들어도 이상하게 볼 사람 없을 만큼 꾸미고 갔었다. 도어맨이 나를 훑어보고 어떻게 처리해야 할지 고민하고 있는 것 같았다. 그래서 또 염장을 질렀다. "여기 발레파킹(주차를 대신해주는 사람) 하는 직원 어디 갔수?" 이번에도 속이 메스꺼울 만큼 거만하게 물었다. 용달차 끌고 온 주제에 아니꼽고 더럽긴 하겠지만 막대할 사람은 아니라고 판단되었는지 공손한 태도로 안내를 받았다.

살다 보면 분에 넘치는 환대를 받아 본 경험이 있는가 하면 턱없이 무시당하는 예도 있다. 의정부에서 남양주시로 오다 보면 불암산 기슭에 먹골배 과수원이 여럿 있는데, 먹골배는 물이 많고 당도가 높아 맛이 좋기로 소문난 배다. 마침 의정부에서 일을 마치고 귀가하는 시간이 퇴근 시간이라 도중에 있는 과수원에 들렀다. 주인으로 보이는 여자가 배를 고르고 있었다. 큰 것과 작은 것, 잘 생긴 것과 못생긴 것 등으로 분류하는 것 같았다. 차만 힐끔 쳐다보곤 나는 아예 쳐다보지도 않았다. 보나 마나 용달차 끌고 다니는 주젠데 별 볼 일 있겠는가 하는 투였다. "배 조금 사가려고 왔습니다." 나름대로 목소리를 저음으로 깔아 점잖게 말했다. 낮고 굵은 목소리로 품위 있게 말했지만, 씨알도 안 먹히는 것 같았다. 꼭 꼴값 하고 있네 라고 하는 것 같았다. 내가 가까이 다가서니 눈동자를 돌려 아래위를 훑어보곤 턱과 입술로 한쪽을 가리킨다. 땀에 절어 후줄근하고 추레한 모습만으로 내가 뭘 원하는지 다 알고 있다는 투였다. 여자가 내민 입술과 턱이 가리킨 쪽으로 가보았다. 정리되지 않고 쓰레기더미처럼 배를 쌓아 놓았다. 가까이서 바라보니 새가 파먹었거나, 떨어질 때 부딪쳐서 상처가 났거나, 비틀어지고 기형으로 생겨 상품 가치가 없는 배였다. 여자가 말 대신 입술을 내밀 때 모습과 비틀어지고 깨진 배와 닮았다는 생각이 퍼뜩 스쳐 갔다. 여자에게 무시당했다는 생각이 드니 미워졌다. 여자의 입술이 자꾸만 오리 주둥이와 비교되기도 했다.

반대쪽을 바라보니 때깔도 좋고 반듯하고 큼직해서 먹음직스러워 보였다. 내 몰골이 얼마나 초라해 보였으면 손짓도 아닌 턱짓으로 폐품과 다름없는 물건 쪽으로 안내할까 생각하니 슬슬 부아가 나서 뚝배기 깨지는 소리로 물었다.

"만원에 몇 갭니까?"

"비닐봉지에 가득 담아서 만원이요."

"비닐봉지에 몇 개나 담깁니까?"

"한 열댓 개 정도 담길걸요."

대답하는 여자의 얼굴을 가까이서 보니 멀리서 본 것과 달리 입술이 도톰하니 복스럽게 생긴 것 같았다. 열댓 개 만원이면 상처 난 부분을 도려낸다 해도 싼 건 틀림없었다. 내가 가끔 쓸데없는 똥고집과 알량한 자존심에 일을 그르칠 때가 종종 있다. 처음에 정품이 있는 곳으로 안내했다면 여자의 허파에 바람을 넣어 덤으로 몇 개를 더 얹어 한 보따리에 만 원 하는 싸구려 배를 사왔을 것이다. 그 놈의 성질머리 때문에 열 개가 든 상자를 사만 원을 주고 덜컥 사버리고 말았다. 이렇게 크고 잘생긴 배는 임금님 수라상에나 올릴 특별한 상품이었다.

구정물을 덮어쓴 기분으로 오면서 생각해보니 여자의 고차원 수법에 내가 당한 것 같았다. 사람을 무시하거나 약을 올려 엉터리 물건을 비싸게 파는 장사꾼이 활개를 친 적이 있었다.

어머니가 당했었다. 엉터리 가전제품을 가지고 와서 동네 아낙네를 모아 놓고 사기를 쳤다. 모인 사람 중에 어리석어 보이는 몇 사람을 골라 "아주머니들은 이 물건을 살 형편이 안 되는 사람 같은데 들을 필요 있느냐? 그러니 집으로 돌아가세요." 하면서 부아를 돋웠다. 집으로 돌아가라는 사람 중에 어머니가 끼였다. 어머니가 화를 내면서 사람을 어떻게 보고 그런 소리 하느냐며 따졌다. 다 자기 집에 금송아지 있다고 큰소리칩니다. 아주머니도 큰소리치지 말고 능력 있으면 한번 사보세요. 내가 반값으로 줄 테니까요. 거 봐요,

아주머니들은 반값에도 못 사잖아요. 요렇게 약을 올렸겠다. 집으로 가라고 찍힌 아낙네 모두가 돈을 빌리고 급전을 내서 엉터리 물건을 바가지 썼다. 물론 내 어머니도 포함되었다. 그리고 물건을 산 사람들은 석 달 열흘을 끙끙 앓았다.

이웃에 사는 사람이 놀러 왔다. 내놓을 것이 마땅치 않아 마침 내가 사온 배를 꺼냈다. 아내와 손님은 어쩌면 이렇게 배가 크고 잘생겼느냐며 입을 벌렸다. 부모님 제사상에도 올려보지 못한 배라며 감탄한다. 오늘 일당 몽땅 투자하여 산 비싼 배라고 말했더니 배를 깎던 아내의 손이 제법 떨렸다.

사투리

생전에 어머니는 서울은 사람 살 곳이 못 되는 곳으로 여기셨다. 사투리 때문에 오해도 있었지만, 첫 서울 나들이 길에 벽돌 갉아먹고 자갈 똥 쌀 야바위꾼을 만났기 때문이다. 한때 경상도 사투리로 참새 시리즈가 유행한 적이 있었다. 그중 한 가지를 소개하면, 참새 소대원이 전깃줄에 앉아 휴식을 취하고 있는데 포수가 총을 겨누고 있는 것을 발견한 경상도 소대장이 깜짝 놀라 "소대원 전원 수구리!" 하고 소리쳤다. 경상도 참새들은 모두 고개를 숙여 무사했지만, 서울 참새들은 죽거나 다쳤다.

참새 부상병들에게 심한 항의를 받은 소대장은 사과하고 사투리를 쓰지 않기로 다짐했다. 얼마 후 참새 소대원이 다시 전깃줄에 앉아 휴식을 취하고 있는데 포수가 또 총을 겨누고 있었다. 참새 소대장이 소리쳤다. "아까 맹키로!" 이번에도 경상도 참새는 모두 안전했지만 다른 지역 참새들은 죽거나 다쳤다는 우스개가 있었다.

서울에서 대학을 다닌 친구들이 하숙집 아주머니와 의사소통이 안 되는 것은 반찬이었다. 하숙집을 오래 한 사람은 팔도 사투리를 다 알아듣지만, 하숙집을 처음 하는 사람은 사투리를 알아듣지 못해 해프닝이 벌어지기도 했다.

세수하려고 우물가에 나와서 "아지매요, 사분 좀 줄랑교(아주머니, 비누 좀 주세요.)" 했는데 서울 토박이 하숙집 새댁이 알아들을 리 만무하다. 특히 밥상머리에서 더 심했다. 밥을 비벼 먹겠다며 꼬장을(고추장) 달라거나, 국이 싱겁다며 지렁장을(간장) 달라거나, 질금나물(숙주)과 소풀나물(부추)을 더 달라고 할 때는 하숙집 새댁이 황당해서 이 무슨 거북이 등에 털 뽑는 소리 하고 있나 하는 표정이었다.

내가 군대 영장을 받아 놓고 몇 개월의 자투리 시간이 있어 서울에서 하숙하는 친구들을 찾아다니며 빈대 생활을 한 적이 있었다. 하숙집 아주머니가 마음이 고운 집에서는 사나흘씩 빈대를 붙었고, 가는 날부터 눈치를 하는 집에서는 하루도 못 견디고 다른 친구를 찾았다. 하숙집을 오래 한 아주머니는 경상도 학생에겐 경상도 말을 하고 전라도 학생에겐 전라도 말을 하는 코미디언 같은 경우도 보았다.

내가 서울에서 잠시 있는 동안 서울말을 하는 처녀들에게 혼을 빼앗겼다. 말하는 게 어쩌면 그렇게도 나긋나긋하고 애교가 넘치는지 서울 처녀는 설익은 말 대가리 상을 하고 있어도 예뻐 보였고, 똥싸 뭉개면서 매화타령을 해도 예쁠 것 같았다. 또래의 경상도 가시내들에게 걸핏하면 문디 자슥 지랄한다는 따위의 소리만 들었던 터라 서울 처녀의 상냥함이란 청량한 음료만큼이나 달콤하고 상큼했다.

오매불망하던 서울 처녀와 결혼하여 신혼 초부터 서울 생활을 했다. 아들이 어떻게 사는지 궁금했던 어머니가 밤새도록 기차를 타고 서울역에 내리셨다. 어머니가 서울을 사람 살 곳이 못된다고 한 데는 서너 가지의 이유가 있었다.

어머니가 마흔 살이 다 되어 나를 낳은 탓에 내가 결혼할 때 어머니는 일흔 살이 다 된 할머니였다. 아들이 걱정되었던 터라 바리바리 싼 보따리가 여러 개였다. 머리에 이고 손에 들고 힘들어하는 어머니에게 중년 여인이 다가와 들어주겠다고 했다. 고마운 마음에 보따리 하나를 맡겼는데 잠시 한눈을 파는 사이 여인은 앵두장수가 되어버렸다. 깨트릴까 잊어버릴까 걱정되어 밤새도록 끌어안고 있었는데, 하필이면 애지중지하던 굴비와 토종꿀 단지를 두 눈 뜨고 당했다며 서울 있는 내내 속을 끓이셨다. 그뿐이라면 금방 잊어버렸을지 모른다.

속곳 허벅지에 헝겊쪼가리를 덧대 만든 주머니 속 비상금까지 면도칼로 찢고 꺼내 가버렸다. 밥상 앞에서 수저도 들지 않고 분통을 터트리며 된 욕을 해댔다. 서서 죽을 놈이라는 둥, 땀을 흘리다 죽을 놈이라는 둥, 어머니가 화가 많이 나면 해대는 욕이었다. 매구도 아니고, 치마 속 사타구니에 감춘 사자어금니 같은 돈을 어떻게 알고 꺼내 갔는지 귀신이 곡할 노릇이라며 분을 삭이지 못하셨다. 내가 농담 삼아 한마디 했다. "어무이요, 그만하기 천만다행 입니더. 칼이 쪼깨만 더 깊이 들어갔다 카모 오줌도 못 눌 뻔 했심더." 옆에 있던 아내가 키득거렸고 어머니도 따라 웃으셨다.

내가 세를 살던 집은 화장실을 주인과 같이 사용하는 구조였는데, 좌변기가 설치되어 있었다. 좌변기가 흔치 않던 시절이라 어머니가 처음 사용해 볼 것이라는 걸 예측하지 못했다. 따라서 좌변기 사용법을 미리 알려드리지 못한 것이 탈이었다. 어머니가 화장실에 들어간 지 얼마 되지 않아 요란한 굉음이 들렸다. 깜짝 놀라 뛰어가 보니 허리를 감싸고 화장실 바닥에 앉아 있었다. 좌변기 위에 올라가서 쪼그려 앉은 것까지는 좋았는데, 변기 위에 일어서서 마무리를 위해 움직이다 보니 금이 간 깔판이 떨어져 나가면서 엉덩방아를 찧은 것이다. 지금은 야물게 만들어졌지만, 그때는 변기 깔판이 잘 깨지고 떨어져 나가기 일쑤였다. 허리와 꼬리뼈를 다친 어머니는 달포가 넘게 병원 신세를 져야 했다. 움직임이 자유롭지 못한 어머니는 집주인과 같이 사용하는 화장실이 여간 불편한 게 아니었다.

어머니가 직접 시장을 봐서 내가 좋아하는 조기 매운탕을 끓여 주고 싶은데 움직이지 못해 안달이셨다. 시장이 어디쯤 있는지, 물 좋은 생선과 채소는 많이 있는지 몇 번도 더 물어보셨다. 어머니가 조금씩 움직이던 어느 날 부엌에서 아침밥을 준비하던 아내에게 "시장가서 조푸(두부) 좀 사온나" 라고 하셨다. 서울 토박이 아내가 꿈에도 들어본 적이 없는 말인데 알아들을 리 만무하다. 나를 깨워 물어보고 갔더라면 생고생은 안 했을 텐데, 시장에 가서 사오라고 했으니 시장에 가서 물어보면 알겠지 하고 가깝지 않은 시장을 잰걸음으로 갔었다. 생선 파는 곳에 가서 물어보고, 채소 파는 곳에서 물어봐도 아는 사람이 없었다. 시장바닥을 얼마나 헤매고 다녔는지 이마에 땀방울이 송골송골 맺힌 채 결국 빈손으로 돌아왔다. 아내는 시장에 조푸 파는 집이 없더라고 말했다. 어머니는 아내의 말을 믿고, 서울에 있는 시장은 없는 게 없이 다 있는 줄 알았는데 시골 시장에도 매우 흔한 조푸가 서울에 없다니 어머니로서는 도저히 이해가 안 되는 현상이었다.

서울역에 도착한 시간부터 지금껏 마음에 드는 구석이라곤 쥐 밑살만큼도 없는 터라 서울 사는 인간들은 참 희한하다며 혼자서 장마 두꺼비 개울 건너듯 중얼거리셨다. "서울이 무섭다 카는 말은 들었지만, 입 안에 든 사탕까지 빼 묵는 도둑놈이 우글거릴 줄은 몰랐데이, 그라고 사람 잡는 화장실은 또 머꼬. 쪼깨는 점방에 가도 천지빼까린 조푸를 안파는 서울이 머시 조타꼬 꾸역꾸역 올라오는지 모리것다." 어머니가 시골로 떠나시는 날 아내에게 한 말씀이다.

운동회

양떼구름 사이로 보이는 하늘은 높고 푸르다.

초등학교 운동장엔 만국기가 펄럭이고, 학교 앞 신작로엔 연분홍 빨강 자주색 코스모스가 내 마음을 아는 듯 덩달아 춤을 춘다. 됫병에 가득 잡은 메뚜기가 쏟아지지 않아 나무 꼬챙이로 파내며 애태우던 꼬맹이들도 오늘은 가슴이 뛴다. 청군 백군 머리띠를 미리 두르고 들어서는 아이들 표정이 가을 햇살만큼이나 밝고 곱다. 올챙이배가 되도록 마음껏 먹을 수 있는 날은 추석과 설날 그리고 소풍날과 운동회 날 네 번뿐이니 왜 그러하지 않겠는가. 두메에 먹을거리라곤 도사리와 설익은 땡감을 소금물에 삭힌 것과 고구마 삶은 것이 전부지만, 부잣집 아이들이 먹다 남긴 김빠진 사이다 한 컵 얻어먹는 즐거움도 쏠쏠했다. 운동회 날은 꼬맹이들만 즐거운 게 아니다.

뜀박질을 잘하여 해마다 양은냄비를 상품으로 받아가는 규철이 엄마도 그렇고, 돼지머리 고기와 막걸리 한잔 대접받는 숙자 할아버지도 즐겁다. 그리고 아무 연관도 없는 동네 똥개들도 즐거워서 허리가 휘도록 꼬리를 흔들어 댄다.

운동장에 천막이 쳐지면 천막 안에 의자 스무남은 개가 준비되고, 교장과 면장, 지서 주임이 서열에 따라 준비된 의자에 앉는다. 나머지는 집에 머슴이 있는 부자이거나 과거에 방귀깨나 뀐 사람들이 자리를 잡는다. 그런데 숙자 할아버지는 부자도 아니고 과거에 면서기도 한 적이 없지만 해마다 빠지지 않고 귀빈석에 앉는다. 숙자 할아버지의 젊을 때 경력은 개장사를 십여 년 하다가 소전거리에서 흥정꾼 노릇을 했는데 송사에 휘말려 감옥에 갔다 온 것이 전부다.

그런데도 귀빈석으로 안내되는 이유는 딱 한 가지 외모 때문이었다. 숙자 할아버지는 무슨 행사가 있으면 겨울만 빼고, 철 지난 모시 적삼에 중절모를 쓰고 백구두를 챙겨 신는다. 모시 적삼 윗주머니엔 액세서리로 아리랑 담뱃갑을 넣는데 멀리서 봐도 알록달록 담뱃갑의 무늬가 가을 햇살을 받아 영롱하게 빛을 낸다. 그 당시 필터가 달린 아리랑 담배를 피우려면 천석꾼은 아니라도 몇 백 석은 해야 피울 수 있었다. 숙자 집도 우리만큼 가난하여 벼 열댓 섬이 고작이었다.

그런데도 숙자 할아버지가 아리랑 담배를 주머니에 넣고 다니는 것은 폼을 잡기 위함이었다. 행사 안내원이 누구인지 물어보지도 않고 모시 적삼 주머니에 든 아리랑 담배만 보고 바로 귀빈석으로 안내했기 때문이다. 담뱃갑 속에 든 필터 담배는 피워버린 지 오래

되었고, 대신에 금잔디인지 새마을인지가 들어 있었다. 할아버지의 아리랑 담배는 회갑 때 숙자 고모부가 두 갑을 사온 것인데, 두 해가 지난 긴 시간을 꺼냈다 넣었다 주물리다보니 담뱃갑이 너덜너덜 구겨지고 색이 낡았지만, 아리랑 무늬만큼은 선명하게 빛이 났다. 담뱃갑 속의 내용물을 아는 짓궂은 할아버지는 많은 사람들 앞에서 굳이 담배 한 개비를 달라하여 숙자할아버지를 난처하게 만들곤 했었다.

소금 간이 약했는지 물이 너무 미지근했는지 덜 삭은 땡감 두 개를 먹고 났더니 입안이 텁텁하여 시멘트를 발라 놓은 것 같기도 하고 한 대 얻어맞아 퉁퉁 부은 것 같기도 했다. 올해 고구마는 많이 늦되는 것 같다. 가지고 온 고구마가 하나같이 내 손가락처럼 가늘다. 오후에는 내가 달리기를 할 차례였다. 늘 일등 아니면 이등을 해서 공책과 연필을 상으로 탔다. 땡감과 고구마로 포식했는데 당숙모가 호박 넣은 시루떡 한쪽을 줘서 마저 먹어버렸더니 숨쉬기조차 힘들 만큼 배가 불렀다. 점심시간이 끝났음을 알리는 호루라기 소리가 들린다. 그냥 두어도 누가 훔쳐가거나 먹어치우지도 않을 텐데 굳이 한 손엔 땡감 들고 또 한 손엔 고구마를 들고 나갔다. 화약 권총 소리에 깜짝 놀라 출발선에서 넘어질 뻔했지만, 공책과 연필이 탐이 나서 있는 힘을 다해 뛰었다. 용을 썼으나 배가 너무 부른 탓에 속도가 나질 않았다.

어떤 녀석과 발이 걸려 코방아를 찧었다. 콧구멍으로 흙바람이 들어가고 입술에는 모래가 버석거렸다. 손에 쥐고 있던 땡감과 고구마에도 모래가 박혔다. 버리라고 했지만 아까워서 버릴 수가 없었다. 땡감과 고구마에 박힌 모래를 떼어내기 위해 앞니와 혀로 긁고 핥아냈다. 한참 공을 들였건만 고구마 속에 박힌 모래가 여전히 버석거렸다. 공책과 연필은 타지 못했지만 오랜만에 포식한 날이었다. 꾸부정하게 걸어가는 숙자 할아버지 중절모 위에 고추잠자리 한 쌍이 가을바람과 어울려 춤을 추고 있다.

아이들이 떠난 운동장엔 벌써 꽃물이 든 단풍나무 그림자가 길게 드러누웠다.

장애를 가진 사위

마을 어귀 외딴집에 장애를 가진 수캐 한 마리가 있었다.

교통사고를 당했다고도 하고, 큰 개에게 물려서 그렇다고도 하는데, 아무튼 그 집 할머니가 버려진 강아지를 주워올 때부터 장애가 있었다고 한다. 할머니가 불쌍해서 데려와 키우긴 하지만 논밭에 나가 있는 시간이 많고, 기억력도 없는 탓에 늘 초상집 강아지처럼 굶기 일쑤였다. 몸에 검은 점이 듬성듬성 박혀 있어 사람들은 점박이라 부른다. 어느 나라 품종인지 모르지만, 사랑을 받지 못하고 서럽게 자라서 그런지 성격이 매우 사납다. 앞다리 하나가 뭉그러져서 절룩거리는 바람에 뜀박질이 원활하지 못하지만, 암캐 주위에 수캐는 얼씬거리지도 못하게 하는 욕심쟁이 싸움꾼이다. 애당초 목에 줄을 매지 않고 자란 점박이는 행동이 자유로워 아랫동네 윗동네를 휘젓고 다니면서 암내 난 암캐들은 모조리 첩으로 삼을 만큼 정력이 넘치는 바람둥이다. 점박이가 암캐와 사랑을 나누는 것을 내 눈으로 목격한 것만 열 손가락으론 꼽을 수가 없다. 점박이와 궁둥이를 한번 대기만 하면 어김없이 새끼를 일곱 마리씩 낳는다. 오가며 무심결에 바라보면 점박이의 밥통은 비어있는 날이 많고, 물그릇인 듯 이빨 빠진 대접은 뒤집어져 있는 날이 흔했다. 할머니가 밥을 제대로 챙겨주지 않으니 어디 가서 훔쳐 먹을 것이 분명한데, 한량 노릇을 하니 알다가도 모를 일이다.

점박이는 집이 없다. 비가 오거나 눈이 오면 처마 밑이나 남의 집에 가서 비를 피한다. 가끔은 비를 맞은 채 앞발 위에 주둥이를 올려놓고 깊은 시름에 빠져 있을 때가 있다. 아마도 과수댁 암캐의 달거리 날을 꼽고 있거나, 공사장 식당 개가 새끼를 낳은 지 달포가 지났는데 산후 조리는 잘하고 있는지, 면장 댁 강아지가 언제쯤이면 성견이 되어 사랑을 나눌 수 있을지 손꼽고 있는 것 같다.

요즘은 옥수수밭이나 호박넝쿨 속에서 갑자기 튀어나와 길가는 사람을 깜짝 놀라게 하여 원성을 사기도 한다. 점박이가 풀밭에서 잠복하고 있는 것은 낯선 수캐들이 발정 난 암캐를 찾아 나선 것을 쫓아내기 위해서다. 점박이가 욕심이 많아 오리 밖에 있는 암캐까지 휘하에 두려고 하다 보니 덩치가 큰 개와 맞짱을 뜨는 경우가 종종 있는데, 점박이는 한 번도 밀린 적 없이 물리쳤다. 동네마다 많은 애첩을 거느리다 보니 점박이는 낮잠 잘 시간도 없이 순찰을 다닌다. 땡볕이 내리쬐는 삼복에는 시원한 그늘에서 휴식을 취할만한데, 혀를 길게 빼고 다니면서 애첩을 지킨다. 북풍한설이 몰아치는 동지섣달에도 아랑곳 않고 애첩이 사는 주위를 어슬렁거리며 존재를 과시하고, 혹여 한 눈을 팔까 감시하는데 게으름을 피우지 않는다. 아무리 힘이 센 사람이나 짐승이라도 애첩 여럿을 거느린다는 것이 쉬운 일이던가.

점박이가 동네를 돌아다니면서 바람을 피워 새끼를 낳으면 할머니는 매구처럼 알고 찾아가서 씨 값으로 강아지 한 마리를 받아 온다. 점박이가 워낙 후손을 많이 퍼트려 놓아 심심찮게 받아 온 강아지를 읍내 장날에 나가 팔아서 챙기는 돈이 짭짤할 것 같다. 우리 집에도 암캐 한 마리가 있다. 내가 시골에 산다니까 지인들이 보내 준 개가 댓 마리가 되었는데, 그중에 새끼를 낳는 녀석도 있어 한때는 개가 열 마리가 넘었다. 낯선 사람이 오면 벌떼같이 짖어대니 동네 사람에게 미안했다.

지인들이 오기만 하면 완전히 개판이라며 빈정대는 것이 거슬리기도 했지만, 그보다 사료 값과 똥 치우는 것이 만만찮아 한 마리만 남겨 놓고 모두 분양해버렸다. 남겨 둔 한 마리의 개가 암컷이어서 이름을 맹순이라 지었다. 맹순이의 원래 주인이 맹 씨 성을 가졌기에 그리 지었다. 맹순이가 초경을 하고부터 먹는 것이 부실하고 이상한 울음소리를 냈다. 냄새를 맡았는지 울음소리 때문인지 알 수 없으나 동네 수컷 똥개들은 모두 와서 알짱거렸다. 점박이가 나타나면 모두 꼬리를 내리고 몸을 피하지만, 간혹 어금니를 드러내고 으르렁대며 드잡이를 하는 예도 있다. 맹순이는 애완견 뺨을 칠 정도로 영리해서 내가 딸처럼 아끼고 귀여워하는데, 동네 사람들도 욕심을 내는 개다. 그러다 보니 종자가 괜찮은 수캐를 가진 사람들이 사돈 맺기를 간청한다. 새끼를 낳으면 한 마리 달라는 의미다.

전직 부면장을 했던 사람과 현직 이장이 수캐를 끌고 와서 당장 결혼을 시키자는 것이다. 어떤 기준으로 간택해야 할지 고민이다. 이장을 무시했다간 텃밭에 뿌릴 거름 구하기에 애로가 있을 것 같고, 부면장 심기를 불편하게 하면 집 앞에 가로등 하나 급행으로 달고 싶은데 힘이 되어주지 않을 테니 답답하기 이를 데 없다.

읍내 장날 생필품을 사서 돌아오니 놀랄 일이 벌어지고 있었다. 점박이 장애견과 내가 아끼는 순이가 혀를 길게 빼고 사랑을 나누고 있었다. 줄을 끊은 것이다. 발정하면 힘이 몇 배로 솟구치는 모양이다. 아내가 개집 청소를 위해 잠시 방심한 사이 호시탐탐 기회를 엿보고 있던 점박이가 날름 해치운 것이다. 좋은 사윗감 고른다며 목에 힘을 준 사이 점박이 놈이 철없는 순이를 겁탈하고 말았다. 점박이 놈은 역시 못 말리는 바람둥이다. 점박이 놈과 사랑을 나누면 어김없이 일곱 마리의 새끼를 낳는데, 또 개판이 될까 봐 젖을 떼자마자 부면장과 이장에게 한 마리씩 뇌물로 바치고, 나머지는 동네 사람들 불러서 개 분양 잔치나 해야겠다. 멋진 사위를 고르려고 뜸을 들이다가 장애를 가진 사위를 보고 말았다.

약수터에서 만난 사람

이산 저산 꽃이 피니 분명코 봄이로구나.

봄은 찾아왔건마는 세상사 쓸쓸하구나.

나도 어제는 청춘일러니 오늘 백발 한심하다.

내 청춘도 날 버리고 속절없이 가버렸으니

왔다 갈 줄 아는 봄을 반겨한들 쓸 데 있나.

봄은 왔다가 가려거든 가거라.

봄은 갔다가 해마다 오건만 이내 청춘은

한번 가서 다시 올 줄 모르네그려.

사철가 한 대목이다. 영화 서편제에서 김명곤 씨가 봇짐 지고 주유천하 하면서 직접 부른 노래이기도 하다. 시들지 않는 꽃은 꽃이 아니라고 한다. 꽃은 지기 위해 피는 것이고, 피기 위해 시드는 것이다. 그러나 사람에겐 죽지 않으면 사람이 아니라는 말은 맞지만, 꽃처럼 다시 태어나기 위해 죽는다고 하면 틀린 말이기에 꽃과 다르다. 다시 태어날 수 없는 한정된 삶이지만, 그래도 고진감래하며 열심히 살아간다. 많은 사람이 고생 끝에 낙이 오면 병이 들어 본인은 물론 가족과 주위 사람들을 안타깝게 한다.

내가 간암 수술을 받고 회복되지 않아 초췌한 모습으로 앞산 약수터에 산책하러 다녔었다. 약수터엔 간단한 운동기구가 잘 갖춰져 있어 남녀노소 할 것 없이 사람들이 늘 북적거렸다. 마을에서 멀지 않고 길이 험하지 않은 탓이리라. 약수터 끝자락에 나무가 우거져 일부러 보지 않으면 보이지 않는 으슥한 골방 같은 곳이 있었다. 이곳에는 얼핏 보아도 몸이 성치 않은 사람들이 이방인처럼 옹기종기 모여 앉아 노출을 꺼리고 있었다. 건강한 사람들과 어울리지 못할 이유가 없는데, 죄를 지은 것도 아니고 전염병 환자도 아닌데, 오로지 건강 관리를 잘못하여 큰 수술을 받고 병치레를 하는 사람들이다. 성한 사람과 격리 생활을 자처하는 것은 긴 세월 병치레를 하는 바람에 가족에게도 구박을 받은 경험이 있는지라 자격지심이 한몫했을 것이다.

약수터에 올 적마다 호기심도 있고 나도 성한 몸이 아니기에 이곳 사람들과 어울려보고자 주위를 쭈뼛거렸지만, 모두가 나를 경계의 눈초리로 바라보았다. 열흘 넘게 주변을 얼쩡거린 후에야 이곳 사람들과 어울릴 수 있었다. 이곳은 병신들 집합 장소인데 형씨는 어디가 잘못되었소? 다소 자조적인 말에 위압감이 느껴졌다. 출근하다시피 하는 사람은 일곱 명이었다. 간암과 직장암 그리고 대장암 등으로 장기 일부를 잘라낸 사람이고, 나머지는 중풍으로 고생하는 사람들이었다. 대화의 중심은 건강에 관한 정보 교환이었고, 가끔은 화려했던 과거를 들먹이며 신바람이 난 사람이 더러 있었다.

그러다가 미래를 말할 때는 모두가 숙연해졌다. 하루도 거르지 않고 감초처럼 등장하는 채 씨는 입심이 좋아 분위기를 들었다가 놓았다 마음대로 했다. 전직이 경찰이었다는 채 씨는 여자에 대해서는 해박한 지식을 가지고 있어 박사라는 별칭도 있었다. 걸쩍지근한 여자 이야기를 많이 해서 모두가 귀를 쫑긋 세우고 듣다가 아랫배를 움켜쥐었다. 채 씨는 중풍 환자여서 우측 팔을 흔들고 다리는 땅에 끌고 다니다시피 할 뿐 아니라 입마저 한쪽으로 돌아가 발음이 매우 어눌하였지만, 여자 이야기를 할 때면 흥이 나서 침이 흘러내려도 몰랐다.

삼천 궁녀를 대령해도 남자 구실 못할 위인이 저리도 행복해 하는 것은 현실이 불안하니 두려움을 잊으려고 하는 몸부림이지 싶다. 들어 본 적이 없는 무슨 신문사 기자 출신이라는 박 씨는 대장암 수술을 할 때 쓸개도 함께 제거했다는데, 채 씨와 만나기만 하면 으르렁거리는 견원지간이다. 오늘도 채 씨가 여자 이야기에 열을 올리고 있었다.

"여자 발뒤꿈치가 마늘쪽처럼 가늘고 뾰족하면 어쩌고저쩌고……"

"여자 턱이 가파르고 눈썹이 찢어지면 남자를 어쩌고저쩌고……"

그때 도다리 눈을 뜬 채 입을 달싹거리고 있던 박 씨가 채 씨 말을 자르고 말추렴을 했다.

"침이나 닦고 씨부렁거려라. 참말로 웃기고 자빠졌네. 해구신 백 개를 먹어도 사내구실 못할 위인이 왜 그렇게 밝혀? 당신 같은 위인을 병신 육갑 떤다고 하는 거야."

한참 흥이 겨워 신바람이 나는 참에 말허리를 자른 것도 괘씸한데 모욕적인 욕까지 하였으니 성격이 열린 문을 부수고 들어갈 뚝별씨가 반격에 나섰다.

"뭐가 어째? 쓸개 뺀 놈은 어쩔 수 없다니까!"

쓸개 뺀 놈이라 욕해서 내가 뜨끔했다. 나도 수술할 때 쓸개를 빼 버렸기 때문이다. 욕하고 으르렁거리는 것은 미워서가 아니다. 정말로 눈물이 날 만큼 좋아한다는 간곡한 표현이다. 건강을 되찾을지 기약이 없어 불안을 떨쳐 내기 위한 수단이기도 하다. 큰 병을 앓아 저승사자와 어깨동무를 해본 사람들은 죽음에 대한 두려움이 불쑥불쑥 생겨난다. 건강이 악화하여 약수터에 나오지 못하는 동료가 늘어나고, 어둠이 찾아오면 외로움과 초조함에 밤잠을 설치는 사람이 많다.

날이 밝아 동료들을 만나면 반가워서 그렇게 욕지거리와 농지거리로 표현하는 것이다. 늘 같은 사람 만나 같은 말 반복하지만, 약수터에 나올 수 있는 것만으로도 행복해 하는 사람들이다.

누구나 아는 대기업에 중역으로 근무하다 중풍이 든 하 상무는 정신마저 오락가락하는 중증환자였는데, 이제는 달팽이 걸음으로 약수터에 오른다.

한 발을 옮기는데 천근을 옮기는 것만큼 둔하고 느린 탓에 다른 사람과 어울릴 기회가 흔치 않다. 아침밥을 먹고 나면 부인이 약수터 입구에 내려놓았다가 해 질 녘에 와서 데려가곤 했다. 어쩌다가 소나기라도 내리는 날이면 흠뻑 젖은 몸으로 오들오들 떨고 있었다. 하 상무가 약수터 입구에 내릴 때는 멀쩡하던 날씨가 오후엔 비가 내리는 날이 있다. 등산길이 황톳길이라 매우 미끄럽다. 그럴 때는 가족 누군가 데리러 와야 옳은데, 비 맞은 흙길에 미끄러져 나뒹구는 바람에 몸이 흙투성이가 되어 내려오는 때도 있었다. 하 상무와 나는 만날 때마다 반갑게 인사를 나누는데, 그때마다 내가 어디에 사는지 성이 무언지 물어보곤 했다.

계절이 바뀌어도 늘 같은 질문을 했고, 동문서답하기가 일쑤였다. 하 상무는 등산 조끼 윗주머니에 초콜릿 한 개와 귤 한 개가 들어 있었다. 점심으로 넣어준 것인데 한쪽 손이 자유롭지 못해 포장지와 껍질을 벗기는데 애를 먹곤 하였다. 많이 먹으면 옷에 대소변을 묻힌다며 뭘 못 먹게 한다고 했다. 그래서 늘 배가 고프다며 허덕였다. 수만 명의 직원이 근무하는 회사에서 오대양 육대주를 돌아다니던 중역의 몰락을 지켜보니 참으로 안타까웠다.

어느 날 내 성을 정확하게 기억하고 나를 불렀다. 정신이 원상으로 돌아왔나 싶어 가슴이 뛰었다. 가까이 앉으니 오줌을 절였는지 지린내와 땀 냄새가 코를 찔렀다. 초콜릿 한 개를 내 손에 쥐여 주었다. 오랜 시간 손에 쥐고 있은 탓에 녹았다가 굳었다 반복하여 형태가 변형되어 있었다. 나를 주려고 며칠 전부터 가지고 있었다고 했다. 내가 이레 넘게 약수터에 나오지 못한 탓이다. 초콜릿의 생김새가 먹기엔 거부감이 있었지만, 맛있는 척 먹었다.

"정형! 사람이 숨을 쉰다고, 이처럼 조금씩 움직인다고 해서 살아 있다고 할 수 없겠지요?"

"왜 그런 슬픈 말씀을 하십니까?"

"부끄러운 내 가정 이야기 하나 하려고요. 내 건강은 생각하지 않고 밤낮없이 지구촌을 누비며 계약을 성사시키기 위해 일했습니다. 몹쓸 병에 걸려 사람 구실 못하니 사랑하는 아내에게 구박당하고 눈에 넣어도 아프지 않을 딸도 냄새가 난다며 가까이 오지 않으려고 합니다. 몇 년 솥발내기로 누워 있다 보니 친척이나 가까운 지인들도 소식이 끊긴 지 오래입니다. 해가 지면 긴긴밤이 외로워서 두렵습니다. 날이 밝다고 해서 희망이 있는 것도 아닙니다. 지나가는 사람들의 눈길이 벌레 보듯 합니다. 약수터에 오르내릴 때 사람들은 왜 길을 막고 섰느냐, 병신이면 집안에 있을 일이지 왜 나와서 거치적거리느냐 하는 눈초리입니다."

하 상무가 아내와 딸을 흉보는 건 정신이 온전하지 못한 탓인지, 견디기 힘들 만큼 섭섭하여 하소연하는 것인지 가늠하기 어려웠다.

내가 위로해 줄 말이 생각나지 않았다. 동병상련이라 목을 안고 엉엉 울어주고 싶었다. 잠시 후면 또 정신이 오락가락할지 모른다. 하 상무는 건강을 잃으면서 재물과 명예를 잃고 사랑하는 가족까지 모두 잃었다.

바람결에 진 꽃이 어김없이 다시 피고, 두견새도 잊지 않고 돌아왔다. 아름드리 산 벚꽃이 만개하였지만, 하 상무는 보이지 않는다. 치매 증상이 악화하여 길을 잃은 철새가 된 것일까. 내 손에도 하 상무에게 줄 초콜릿이 들어있다. 봄비와 벚꽃잎이 어우러진 꽃비가 난분분하다. 저 꽃비는 내년 봄을 기약하고 떨어질 것이다.

해마다 꽃이 피고 새가 울건만, 한 번 간 하 상무는 돌아올 줄 모르네그려.

장족藏族 여자들

6일간의 중국 구채구 여행이다. 여행은 멀거나 가깝거나 흥분되고 가슴이 설렌다.

인천 공항을 이륙한 지 한 시간쯤 지났을 무렵 기내식이 제공되었는데 승무원이 생선 튀김과 소불고기 중에 고르라고 한다. 나는 생선 튀김과 포도주를 주문했다. 생선 튀김을 안주 삼아 포도주 석 잔을 연거푸 마셨다. 좀처럼 잠을 이루지 못하는 체질이라 술김에 잠을 자보자는 속셈이었다. 식사가 채 끝나기도 전에 기류 변화가 심해 비행기가 몹시 흔들렸다. 비포장도로를 거칠게 달리는 버스를 탄 것 같기도 하고 놀이기구 바이킹을 탄 것 같기도 하다. 시간이 흐를수록 비행기의 흔들림이 심한 탓에 여기저기서 여인들의 비명이 크다.

이윽고 기장의 세 번째 안내 방송이 기내 분위기를 더욱 무겁게 한다. 승무원은 일체의 동작을 멈추고 정 위치에서 대기하라는 지시였다. 한 시간을 넘게 요동치던 비행기는 고요를 되찾고 이륙한

지 4시간여 만에 사천 성의 관문인 성도 국제공항에 안착했다.

성도는 삼국지의 주 무대로서 유비가 세웠던 초나라의 수도다. 유비와 제갈공명의 무덤과 사당이 있다. 사천 성은 중국의 성 중에 인구가 많은 편인 일억 명 정도라고 한다. 사천요리도 우리나라에 널리 알려졌지만, 지진과 홍수로 많은 사람이 죽거나 다쳐 언론을 통해 많이 알려진 곳이다. 성도는 안개와 흐린 날이 많아 햇볕 보기가 어렵다. 모처럼 해가 보이면 개가 낯설어서 짖는다고 한다. 태어나서 성견이 될 때까지 해를 처음 보기 때문이란다. 그렇게 말한 가이드 자신도 뻥튀기가 심했다고 생각되었는지 멋쩍게 웃는다.

잠을 자는 둥 마는 둥 새벽밥을 먹고 성도에서 구채구행 비행기에 올랐다. 비행시간은 50여 분이지만 육로로 이동하면 10시간이 걸린다고 한다. 구채구는 구채골 이라고도 하는데 소수민족인 장족이 아홉 군데에서 터전을 잡고 살기 때문이다. 구채구 비행장은 세계에서 두 번째로 높은 곳에 있는 해발 3,500미터다. 동서남북 어디를 보아도 사람의 흔적은 찾아볼 수 없고 험준한 산봉우리엔 하얀 만년설만 쌓여 있다.

비행장이 산속에 있는지라 이착륙 시에는 골짜기를 비행하는데 기기묘묘한 절경이 아름답긴 하지만 날개가 산허리에 부딪힐 것 같아 오금이 저리는 것은 나만의 기우인가. 공항 보안구역을 벗어나자마자 고산증에 시달리는 일행이 셋이나 생겼다. 한 사람은 증상이 심하여 얼굴이 창백하고 해산어미처럼 부석부석하더니 토하기까지 한다. 에프킬라 모기약 같은 캔에 산소를 넣어 팔았는데 우리 돈으로 만 원이었다.

구채구는 92년 유네스코에서 세계 자연유산으로 지정된 이름값을 톡톡히 했다. 호수마다 물감을 풀어놓은 듯 청람색 빛깔이 아름다웠다. 특히 짙은 비취색의 호수를 볼 때면 입이 다물어지지 않는다. 구채구에는 장족藏族(숨어사는 민족)이라는 소수 민족이 살고 있는데 60도는 됨직한 가파르고 험준한 절벽에 둥지를 짓고 살았다. 물이나 생필품을 구하기 위해서는 아래 신작로까지 오르내리는 일이 여간 성가시지 않을 것 같은데, 추적자를 따돌리기 위한 도망자의 애환인 듯싶다.

벼랑에 둥지를 짓고 살다 보니 물이 귀해 세탁은 엄두를 내지 못하고, 옷은 몇 년이나 입었는지 기름때가 묻어 들기름을 바른 것처럼 반질반질 윤이 나고 있었다. 햇볕이 워낙 강해 눈만 빼꼼히 내놓고 생활하지만 양 볼은 태양에 익어 연지곤지를 찍은 것 같다. 이곳 장족의 시초는 티베트인이라 한다. 당나라와 전쟁에서 패한 군인들이 고국에 돌아가지 않고 이곳 구채구에 눌러앉은 것이 시초라는 것이다. 고산지대라 과일이나 곡식이 잘 자라지 않아 동충하초 같은 진귀한 약초와 아편, 그리고 양을 키우며 산다.

이곳에서 양은 생명줄이다. 따라서 동물을 훔치거나 잡아먹으면 사람을 납치하거나 죽이는 것과 같은 처벌을 받는다고 한다. 여러 마리의 동물을 훔치면 사형까지 당한다고 하니 동물을 얼마나 귀하게 여기는지 짐작하기 어렵지 않다.

장족은 모계 사회다. 여자가 귀하고 인구를 늘려야 했기에 한 여자가 여러 명의 남자를 데리고 사는 것은 흔히 볼 수 있는 일이라고 한다. 생활이 넉넉하지 못한 집의 아들이 여럿인 장남과 결혼하면 시동생 여러 명은 자동으로 남편과 같은 존재가 되는 것이다. 남편의 아이인지 시동생의 아이인지는 전혀 상관없고 관심도 없다. 여자가 낳았으니 여자의 아이일 뿐이다. 조금 특이한 경우이긴 하지만, 남자를 여러 명 거느린 장족 여자는 생리일을 빼고는 거의 하루도 거르지 않고 남자와 잠을 잘 수밖에 없다. 큰형이 늙으면 어린 동생이 또 장정이 되기 때문이다. 장족 여자는 진귀한 약초를 먹고 살아서 그런지 폐경이 65세에 오고 평균 수명이 90세라고 한다. 일행 중 한 사람은 이곳의 여자는 행복한 건지 불행한 건지 알 수 없다며 묘한 미소를 짓는다.

여자와 잠을 자고 싶으면 얼른 모자를 벗어 여자의 방 앞에 걸면 된다. 모자 임자와 동침하게 되는 것이다. 염치없이 이틀 연속 모자를 걸거나 하루걸러 모자를 걸어 형제간에 여자를 서로 차지하려고 다툼 같은 것은 없다고 한다. 형제 중에도 유난히 마음이 곱거나 변강쇠처럼 힘이 좋은 사람이 있을 터이지만 여자는 내색하지 않고 편애하지 않으며 남자가 정한 대로 순순히 따른다고 한다. 장족은 딸에게 재산 상속권이 있다. 딸이 여럿이면 장녀 순으로 차별적으로 분배한다. 만약 딸이 없으면 재산은 외삼촌에게 넘겨지는데 이

때 아이가 어리면 외삼촌은 아이의 부양 의무를 가진다고 한다.

이곳의 남자는 다 털어낸 참깨 조 배기 신세라고 생각되겠지만 나름대로 살만한 구석이 있다. 결혼하여 가정을 꾸릴 처지가 안 되는 남자는 구름처럼 떠돌며 유랑 생활을 하는데 한 곳에 얽매여 살지 않는다. 이 고을 저 마을로 돌아다니며 남자의 힘이 필요한 집이 있으면 그곳에 눌러앉아 며칠이나 길면 몇 달간 묵었다가 떠난다. 짧거나 길거나 남자의 힘을 빌린 여자는 동침하는 것이 보편화 되어 있다고 한다.

유랑자들은 떠돌아다니며 일을 도와주고 씨만 뿌려놓고 또 다른 신천지를 찾아 떠나니 부양 의무도 없고, 어찌 보면 이곳의 남자들이 천국에 산다 해도 시비할 사람 없지 싶다. 장족은 자연을 사랑한다는 의미로 마을이나 집 입구에 오색 깃발이 바람에 펄럭이는 모습을 어디서나 쉽게 볼 수 있다. 파란색은 물, 녹색은 나무, 붉은색은 불, 흰색은 구름, 노란색은 대지를 뜻한다고 한다.

장족들의 장례문화는 좀처럼 보기 어렵고 특이하다.

귀족이나 스님이 죽으면 화장火葬을 하지만 보통사람이 죽으면 천장天葬을 치르는데(조장鳥葬 이라고도 함) 죽은 자의 시체를 새가 쪼아 먹기 쉽도록 수십 토막을 낸다. 그리하여 이곳에서 생산되는 칭크(보리와 비슷한 곡식)와 양젖을 섞어 잘 버무린 다음 동네에서 제일 높은 산에 올라 흩어버린다. 수십 마리의 독수리와 까마귀 떼가 몰려와 십여 분 만에 뼈만 남기고 먹어 치운다. 칭크와 양젖을 섞는 이유는 새가 맛있게 먹으라는 배려라고 한다. 인간의 육신을 먹어치운 새가 혼을 하늘나라로 날라다 준다고 믿기 때문이란다. 불교의 윤회 사상에 따른 장례법이라지만 산 자와 죽은 자의 차이가 섬뜩하게 느껴진다.

장례법이 아무리 이러하다 하더라도 어제까지 사랑하고 존경한 사람을 도끼와 칼로 목을 베고 팔다리를 자르는 행위는 끔찍할 수밖에 없다. 그래서 품앗이 형식으로 다른 동네 사람이 와서 대신한다고 하는데 이것마저 하지 못하는 사람을 위해 돈을 받고 해주는 직업도 있다고 한다.

결혼을 해보지 못하고 죽은 처녀나 총각은 물고기가 먹으라고 수장(水葬)을 하는데 이유는 부잣집 자녀로 태어난다고 믿기 때문이다. 장족은 그래서 민물고기는 먹지 않는다고 한다.

내가 만난 장족 여자들은 수줍음이 많고 호기심이 많았다. 신체가 작은 편이지만 웃음이 해맑고 아름다웠다.

***이 글은 구채구 여행 때 안내인에게 들은 말을 필자가 엮은 글이므로 사실과 다를 수 있고, 지금은 많이 변했거나 없어진 것도 있을 것이다.